AF555302

ESSAI
SUR LES N. N.
OU
SUR LES
INCONNUS

Gens aeterna eſt, in qua nemo naſcitur. —

PLINIUS.

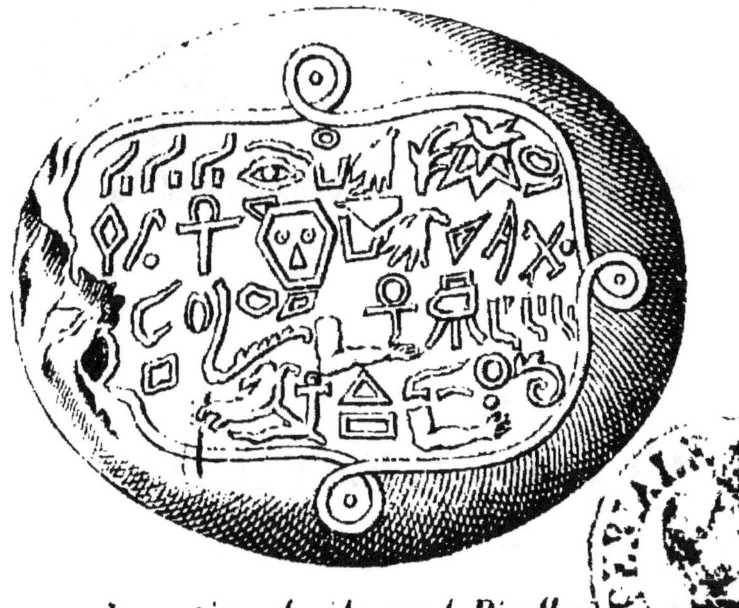

In antiquo lapide apud Pinellum ex Pignorii tabula Iſiaca.

MDCCLXXVII.

POUR

CEUX, QUI L'ENTENDENT —

Fas quibus est audire, loquar: Vos, turba
profana
Obturate aures — — —

E S S A I

SUR

LES N. N.

OU SUR

LES INCONNUS.

'Εσμὲν μὲν δὴ πάντες ἀδελφοί· 'Οι δὲ τοῦ χρυσοῦ γένους κρίνειν ἀκριβέστατα καὶ πάντῃ ἐσὶν ἱκανοί;

Sumus quidem omnes fratres; quinam autem ſunt aurei generis, accuratiſſime et omnino iudicare queunt.

PLATO.

Pour chercher l'origine des N. N. il eſt néceſſaire de donner une définition de la N. N. C'eſt donc en langage des N. N. une ſocieté d'hommes liée par la force et cherchant la beauté par la sagesse. — Comme il est libre à chacun, d'expliquer ses paroles, nous dirons ici ce que nous entendons de ces trois termes de N. N. On dit la force de l'amour, la force de la sagesse etc. et nous donnons cette qualité à tout ce qui résiste à une autre Puissance. — Nôtre force consiste dans le secret impénétrable, tandisque ceci ne sera pas revelé rien ne sauroit rompre nos liens. — Nous nommons sagesse la raison éclairée, dont le grand Architecte de l'univers nous a doué, ainsi c'est elle, qui nous guide dans nos recherches: Nous ne rejettons pas la revelation, au contraire nous la reverons, mais ce n'est pas justement l'Objet de nôtre definition. —

Par beauté on devroit entendre la perfection, mais nous gardons l'Etymologie des N. N.: Car comme un Maçon construit une maison, pour mettre le

corps

corps de l'homme à ſon aiſe, ainſi nous aſſemblons ce que nous trouvons neceſſaire, pour aſſembler une loge, ou nôtre eſprit ſoit à ſon aiſe: ainſi nôtre objet ſera la liberté, et la tranquillité de l'ame. — Il eſt vrai, que ſelon les diverſes moeurs des ſiècles et le gout des differentes nations les N. N. ont ſouvent poſé le but de leur loge en une autre choſe, comme p. e. dans une perfaite amitié, dans la recherche de la verité, dans une exemtion de tout embarras, dans une grande joye etc. Mais tout cela revient toujours à la liberté, et tranquillité d'ame. — Nos ancêtres, voyants, que l'on ne devoit pas chercher le repos de l'ame hors de ſoi-même a) commençoient à preparer le coeur de l'homme à être fort contre les adverſités; mais remarquants, que ce coeur étoit ſouvent trop foible, à y réſiſter et à ſe vaincre ſoi-

 mé-

a) *Ne te extra te quaeras.*

même, que le ſecours d'un ami b) étoit ſouvent neceſſaire pour l'appuyer, quand il ſuccomboit, que l'homme étoit un animal ſociable, que la ſolitude menoit ſouvent à la melancholie, que les eſprits n'ont pas tous la même force à penſer raiſonnablement, que chacun eſt obligé de contribuer à la félicité publique et d'aider ſon prochain ſelon ſes forces, ils prenoient la reſolution de communiquer leur Sçavoir à d'autres. Comme on n'employoit pas egalement leur doctrine ils en faiſoient un choix de leurs diſciples, et de leurs amis, qu'ils mettoient à beaucoup d'epreuves, et avoient ſoin de ſe les aſſurer par un lien indiſſoluble. — C'etoit le Secret, et le Silence. — Mais comme il leur fallût un ſecret raiſonnable, ou il n'y avoit rien, que de ſage et de bon, qui fût à l'epreuve de l'indiſcretion, et de telle nature, qu'en l'avouant on fit plus de

b) *Vis unita maior.*

de dort à ſoi-même, et à d'autres, qu'en le gardant, ils inventoient nôtre ſecret. — Il fallût pourtant ſe reconnoître pour jouir après tout des privileges des N. N. et pour trouver par tout, à qui ſe fier ſans en être connu par d'autres. — De là nos Signes [c]), nôtre Langage muet. — Dans ce grand nombre on ne pouvoit pas toujours choiſir des Sages, ainſi on les prenoit quelquefois pour leur bravoure, pour defendre l'ordre, pour leur richeſſe, pour faire du bien aux pauvres, pour leur puiſſance, pour le ſoutien de l'ordre, pour leur renommée, famille etc., pour donner du luſtre à l'ordre. —— On nommoit ces raiſons les trois pillers de l'ordre, Force, Sageſſe, Beauté, pour

 ſou-

c) APVLEIVS in Apologia I. *Sacrorum pleraque initia in Graecia participaui. Eorum quaedam ſigna et monumenta tradita mihi a ſacerdotibus ſedulo conſeruo.* — Idem ibidem: *Si qui forte adeſt eorundem ſolemnium mihi particeps, ſignum dato, et audiat licet, quae ego adſeruem.* —

soûtenir, pour diriger, pour embellir. — Mais aussi on mettoit le sujet, qu'on leur communiquoit, à leur portée, on ne les admettoit pas indifferement, c'est pourquoi on montoit par degres au supreme secret, et c'étoit en même tems pour exciter les moindres à s'appliquer serieusement au travail, pour s'elever toujours plus. — Pour imprimer aux plus foibles du respect il falloit emprunter quelques Ceremonies selon les moeurs de chaque Siécle et païs; il falloit aussi imposer des peines proportionnées aux fautes. —— Ceci suffira pour marquer l'Origine des N. N. —— Cherchons à present, pour en marquer le tems: —— Nous ne retrouverons pas nos freres dans les siècles recules sous le même nom, car ils en ont eu plusieurs: On les a nommé Sages [d]), Prophé-

d) *Magia vero praecellunt Aethiopes et Indi, quia ea mundi portio herbis aliisque ad eum usum peraccommodis maxime scateat.* COEL. RHO-

phétes, inities, Magos e), *Schauer*, Drui-

Rhodig. Lect. Antiq. Lib. IX. cap. 23. et Louis le Roi de la Vicissitude, où Varieté des choses en l'univers d'après la traduction italienne de Hercole Cato Lib. 3. Cap. 9. „*Gli Ethiopi per l'abondanza di tutte le buone herbe, e simplici vigorosi, che presso di loro nascono, della Magia naturale furono inventori, osservando con quella le maraviglie ascose nelle proprietà occulte delle Cose, loro convenienze e contrarietà; Platone nell Charmide e nell Alcibiade primo mentione, che Zoroastro Bactriano, e Zamolxis Scitha professione ne fecero. Dopoi ella fù in Persia transportata, dove dimorò lungamente. — Seguendo adunque la generale dispositione degli huomini alle virtù ce ne sono sempre stati quà e là di quelli, che della Sapienza sono stati Professori, come i Druidi in Francia e nella Gran Bretagna, li Chaldaei in Assyria, i Brachmani e i Gimnosophisti nell' India, i Magi in Persia, i Sacerdoti in Egitto, i Filosofi in Grecia,* — —

e) Le même Louis le Roy L. 4. c. 6. „*i Magi di robe bianche si vestivano, e d'herbe, fromaggio di pane grosso cibavansi, dormivano in terra, canne ò ferule in vece di bastoni portavano: in un luogo sacro si ragunavano, per ragionare, e conferire insieme.* — *La loro Magia tutta nella religione consisteva, e al servitio de i Dei, a' quali*

Druides f)), Philosophes, Esséens, Templiers et L. M. — —

Tous

„ quali le preci, i voti, ed i sacrificii offerivano, come se essi soli essauditi fossero, credendo la resurrettione de' morti, e che sarebbono immortali. Aristotile afferma, che erano più. de i Profeti d' Egitto antichi; e Clearcho, che i Bracmanni, ò i Ginnosofisti indiani da loro venivano. Zoroastro ne fù senza dubbio inventore, il quale pensano alcuni per l' Etimologia del suo nome essere stato osservatore delle Stelle e delle cose naturali intendente. Platone nel Alcibiade primo dice la Magia di Zòroastro essere una cognitione de i mysterii divini, che a i figlivoli de' Rè di Persia era insegnata, acciochè sopra l' essempio della republica universale a governare la propria republica apprendessero. E nel Charmide, che la Magia de Zamolsis era la Medicina dell' anima, facendola temperata e virtuosa, si come con l' altra Medicina la sanità ne' corpi si restituisce: Pitagora, Empedocle, Democrito, Platone medesimo navigarono, e caminarono molto da lontano per impararla, ed imparata havendola al lor ritorno la celebrarono, e secreta tennero, e molti altri antichi studiosi vi hanno dato opera accuratamente, grande autorità e riputatione trahendone. Conciosia che osservando per mezzo di quelle le maraviglie ne' secreti del mondo, e nel seno della natura ascose, ed i mysterii di Dio, la

„ Con-

Tous ces gens-là ont eû le même but avec nous, le même guide, et le même

„ *Concordia dell' universo hanno discoperto, e la Convenienza del cielo con la terra, le cose superiori alle inferiori accommodando, doppo haverne le virtù connosciute, secondo che a agere è a patire disposte sono, che i Greci simpathie, ed antipathie dimandano, il che mosse Plotino a chiamar i Magi, Professori della Magia naturale, ministri della natura — E questa Magia a parlare simplicemente e secondo l'antica lingua Persiana, perfetta e sovrana sapienza, et Mago interprete, ed osservatore della divinità significa. — Da poi questo nome è stato abusivamente a gl' incantatori attribuito, i quali le semplice persone malignamente ingannano, dando loro ad intendere di sapere le cose future e segrete con parole istrane, con segni, e caratteri, con imposture diaboliche ed altre superstitiose osservationi di Negromantia, Geomantia, Idromantia, Aeromantia, Piromantia, ed altre arti simili, in ogni tempo dalle leggi divine et humane riprovate; Da che si puo conoscere esservi dui sorti di Magia, l' una naturale, l' altra superstitiosa, la naturale che la virtù delle cose celesti, e terrestri contempla, e che le lor convenienze e contrarietà considera, scoprendo le facoltà nella natura ascose, e l' una con l' altre in debita proportione, e sotto certa constellatione mischiando, e le*

„ *atti-*

meme lieu, quoique de tems en tems on

„ attive alle passive applicando, l'une all' altre „ per conformità di natura attira. Così gli „ elementi l'un l'altro si tirano, così la ca- „ lamita a se il ferro tira, ed unisce l'ambra „ la paglia, il solfo il foco, il Sole molti fiori „ e foglie, la Luna l'acque, Marte i ven- „ ti. — Molte herbe molti animali a se in- „ vitano ed hanno maravigliose occolte proprie- „ tà, per li quali questa Magia di grandissimi „ miracoli naturalmente produce etc. — —

f) Le même LOUIS LE ROY Lib. 4. c. 9. „ i Druidi in francia della religione e della „ giustizia trattavano, delle Stelle, e de i „ loro movimenti, della natura delle cose, dell' „ immortalità delle anime, dell' autorità e pro- „ videnza divina, ed erano di tutti gli altri mol- „ to rispettati, e benissimo intrattenuti etc. — ORIGENIS Philosophica in GRONOVII Thesauro Graeco; „ Druidae in Celtis „ Pythagoricae summopere Philosophiae fuerunt „ innixi; Auctor huius disciplinae et meditatio- „ nis illis Zamolxis Pythagorae servus, genere „ Thracius extitit; is ab Pythagorae decessu illuc „ delatus ansam dedit huius philosophiae stu- „ dii amplectendi. Habentur a Gallis eo, „ quod arte pythagorica e calculis et numeris „ praedicerent ipsis quaedam futura, propheta- „ rum et praescioram numero. — Voyez aussi l'Histoire de l'Etat et Republique des Druides, Eubages, Sarronides, Bardes, Vacies, anciens François, par NOEL TAILLEPIED. Imprimée à Paris 1585. Les Drui-

on ait changé quelque choſe aux formalités, et omis des points moins eſſentiels. — On appelloit ceux, qui n'étoient pas initiés aux myſtères les profanes [6]). On leur donnoit auſſi par deriſion et pour oppoſer à ceux-ci les hommes libres le tître d'eſclaves, on les comparoit autrefois aux ânes, témoin la fable de Midas, qui préfera Marſyas à Apollon, et l'or à la ſageſſe, et qui

Druides d'Otun, *dit-il*, qui pour lors demouroient en quelque lieu, appellé encore de préſent le Mont-Druide diſtant de la Cité une lieue françoiſe, ou ſont encore les veſtiges de leurs démeures, avoient pour leur eſcuſſons des ſerpents en champ d'azur: en la partie d'enhaut y avoit un rameau de Cheſne, et embas y avoit un monceau et peloton de petits ſerpents d'argent en figure comme nouvellement eſclos, et s'appelloit ceſt amas de couleuvreaux couvée de Serpens. Ces armoiries eſloient communes à tous les Druides. *p.* 47.

6) *Odi profanum Vulgus et arceo.* HORATIVS. Ἑκας, ἑκας, ὅτις ἀλιτρος. CALLIMACHVS. *Greſſus removete profani.* CLAVD. Lib. I. de raptu Proſerpinae. —

qui fût gueri par l'ablution; la fable du Compagnon de Bacchus, la fable de l'Ane d'Apulejus, qui fût gueri par le voeu de l'initiation. — Nous les appellons de même taupes, non pas que les taupes soient aveugles, mais qu'ils n'aiment pas la lumiere —— de même nos ennemis ne voyent pas en voyant ——

Pour l'ancienneté de l'ordre nous passerons d'abord le Deluge, quoique les deux Colonnes de Seth h)[h], dont Hermes assure avoir vû les restes, joint à la nomination de son fils Henoch, c'est-à-dire initié, nous en fournissent asses de preuves. — Après le Deluge les premiers fondateurs de cette Société avoient la même intention, que leurs Ancêtres antidiluviens, sçavoir celle de s'entre communiquer leurs lumieres tou-

h) JOSEPHUS en parle; Voyez aussi EUSTATHIUS *in Comment. in Hexaëmeron ex edit.* LEONIS ALLATII. *fol.* 47. et les remarques d'ALLATIUS *fol.* 215.

touchant le Createur et les Creatures; Mais ce Savoir et ces recherches degenererent auprès de leurs diſciples — de là le beau projet de la Tour de Babel et de là leur chûte et leur diſperſion. Nôtre tradition porte, que les Maîtres ſe retrouverent, et ſe reconnûrent aux marques accoûtumées, mais ne pouvants reſter enſemble ſe diviſerent en Europe, Aſie et Afrique, ou chacun a depuis changé quelques Ceremonies, en gardant pourtant l'eſſentiel, et pour chef de Caracteres le nombre ⁝ ⁝ ⁝, les deux Colonnes, l'étoile flamboyante, et l'habit blanc [i]), dont le quatrieme,

i) *In omnibus fere ſacris albus color vſurpabatur; apud Hebraeos, Aegyptios, alios, nil frequentius; hinc alba et candida turba, linigeri etc. — Pro Sacerdotibus exemplorum tanta meſſis, vt intempeſtiue tibi diligens viderer, ſi tibi harum rerum ita conſcio illa nunc obtruderem: Videantur* RABINI *ad Codicem Ioma,* HIERONYMVS, PLINIVS, APVLEIVS, OVIDIVS, ARTEMIDORVS *et alii. Albus color, inquit* CICERO, *Dis decorus eſt, ſic et illorum* cul-

me, sçavoir l'étoile flamboyante a été pris par les païens pour la figure de Dieu, signifiée par le feu — Plusieurs même ont écrit comment et pourquoi le ∴ ∴ ∴ a été en tout tems en Veneration [k]), entre lesquels parmi les poe-

cultoribus etc. STEPHANVS LE MOINE in epistola ad GISB. CVPERVM de Melanophoris — *De aleis linteis Brachmanum vestibus*, vid. PHILOSTRATVS in vita APOLLONII THYANENSIS fol. 106. Edit. OLEARII.

k) *Enneas quoque perfecta est, et Perfector dicitur, quoniam ex triade perfecta forma eius multiplicata perficitur.* MARTIANVS. Ἔτι τέλειος καλεῖται, ὅτι ἀπὸ τελείου τοῦ τριῶν γίνεται: *etiam perfectus dicitur, quia ex perfecto ternario fit.* ANONYMVS. *Nam hoc scis, puto, Platoni diligentiae suae beneficio contigisse, quod natali suo decessit, et annum vnum atque octogesimum impleuit sine vlla deductione: ideo Magi, qui forte Athenis erant, immolauerunt defuncto, amplioris fuisse Sortis quam humanae rati, quia confummasset perfectissimum numerum, quem nouem nouies multiplicata componunt.* SENECA Epist. LVIII. Voyez aussi CENSORINVS de die natali Cap. XV. — AVSONIVS in Grypho ternario. LVD. COELII RHODIGINI Antiq. Lect. L. 22. cap. 9.

poetes Aufone s'eft diftingué. Comme les entreprenneurs de la Tour de Babel reconnoiffoient un Dieu, leurs fucceffeurs conferverent cette idée même après leur chûte, et leur difperfion, mais ils commencerent de fe le repréfenter fous certaines figures: les hommes prenoïent la figure d'un homme et les femmes celle d'une femme; ces divinités avoient plufieurs proprietés, aux quelles on donnoit d'autres noms —— de là les nouveaux Dieux et Deeffes. La plûpart des peuples s'attachoient au Soleil et à la Lune, comme les plus grands et les plus merveilleux ouvrages de Dieu [1]). Ils les adoroient premiérement en les regardant, puis leurs figures dans leurs maifons, et dans leurs temples, en leur pofant des piliers et

 des

1) Diodorus Siculus Lib. 1. dit: *In Aegypto mortales mundum fuper fe contemplatos et non fine ftupore demiratos vniuerfi naturam duas effe Deos exiftimaffe aeternos et primos, Solem quippe et Lunam, quorum iftum Ofirim, hanc Ifin appellarunt etc.* ——

des Statues; ces piliers repreſentoïent donc au commencement leurs Dieux; On ſçait encore, qu' ils ont repreſenté Caſtor et Pollux en y mettant une poûtre. Ils diſtinguoient au commencement chaque Dieu par une autre ſorte de colonnes. — Le Soleil avoit des triangulaires, d'où ſont venus les pyramides, les colonnes du Soleil, les Obeliſques, et le Memnonium en Egypte, où l'on obſervoit de les poſer reguliérement contre les quatre plages [m]. Il y avoit auſſi de telles colonnes aux myſteres

m) *Voy.* Les obſervations de pleuſieurs ſingularités et Choſes memorables trouvées en Grece, Aſie, Iudée, Egypte etc. redigées en trois Livres par PIERRE BELON DE MANS. *Liv. II. Chap. XLII.* — KIRCHERVS de Obeliſcis. PLINIVS de Moribus Aegypt. DIODORVS in Deſcriptione MEMNONII. *Antequam ſtatuae eſſent affabre formatae veteres erexerunt columnas, easque colebant tanquam Dei ſimulacra.* CLEMENS STROM. L. I. *Spartani* Δόκανα (*trabica*) *vocant vetuſta Caſtorum ſimulacra: ſunt autem duo ligna aequaliter diſtantia duobus aliis transuerſis coniuncta. Qualis*

ſteres d'Afrique, et on ſçait, que Platon, Pythagore et Eudoxus on appris en Egypte la Philoſophie auprès des Colonnes de Mercure ou Hermes [n]). Ce

B 3 même

Qualis eſt Aſtrologis Geminorum Character II. — *De Obeliſco Regis Rameſis, Soli dicato, deque Hermopionis Graeca eius interpretatione* voyez MARSHAM Canon. Chron.

n) ATHAN. KIRCHERI Turris Babel L. II. fol. 71. id. ibid. fol. 82. *Nam vt recte Iamblichus: Pythagoras, Plato et Eudoxus omnium ſcientiam ex columnis Mercurii didicerunt:* — *Triſmegiſtus Mercurius quem Thot a primo menſe Thot, eius honori inſcripto, vocabant, conclamatam Idololatriae confuſionem miſertus diuiniora primorum Patriarcharum, Sem, Cham, Iaphet, filiorumque, quibuscum viuebat, dogmata edoctus, (erat enim* [*teſte Chronico Alexandrino*] *peringenioſus et ad diuina myſteria cognoſcenda proniſſimus) nouam de Deo vno, vero, bono, de Angelorum Daemonumque diſpoſitione et ordine Theoſophiam exorſus, ſtudio ad id excogitatis pro ingenii ſui ſublimitate et praeeminentia argumentis rerum vſu conſpicuis cognitam artem ſolis ſacerdotibus et ſapientibus viris ad regnum ſpem habentibus reuelatam, idiotis vero et ſuperſtitioſae plebi inacceſſam et prorſus imperuiam ſaxis contra omnes temporum iniurias inſculpſit: atque hi ſunt famoſi illi libri hieroglipbicis obvelati, ab Hermete in obeliſcis deſcripti; ex quibus*

même Hermes eſt appellé Athothes ou Thot,

quibus Pythagoras et Plato Aegyptiorum diſcipuli prima ſuae Theologiae fundamenta teſte Iamblichio hauſerunt — ATHAN. KIRCHERI Sphinx Myſtagoga fol. 25. — De la doctrine de Pythagore nous reſtent encore les *Aurea Carmina* PYTHAGORAE, des quels HIEROCLES dit: Ἔςη γὰρ ὀδὲν ἄλλο τὰ ἔπη ταῦτα, ἢ τελειότατος χαρακτὴρ φιλοσοφίας καὶ τῶν κεφαλαιωδεςέρων αὐτῆς δογμάτων ἐπιτομὴ καὶ ὑπὸ τὸν θεῖον νόμον ἀναβεβηκότων ὑπογραφεῖσα τοῖς μετ' αὐτὸς παιδευτικὴ ςοιχείωσις ἃ δὲ καὶ τῷ ὄντε εἴποις ἂν τῆς ἀνθρωπίνης εὐγενείας εἶναι γνώρισμα κάλλιςον, καὶ ὀχ ἑνός τινος τῶν Πυθαγορείων ἀπομνημόνευμα, ὅλου δὲ τοῦ ἱεροῦ συλλόγου, καὶ ὡς ἂν αὐτοὶ εἴποιεν τοῦ ἴσως ὁμακοείου ὁμοῦ παντὸς ἀπόφθεγμα κοινόν· διὸ καὶ νόμος ἦν ἕωθεν τὸς ἀνιςαμένους αὐτὸς ἀκροᾶσθαι τούτων τῶν ἐπῶν, ὥσπερ τινῶν Πυθαγορικῶν θεσμῶν ἑνός τινος ἀπαναγινώσκοντος καὶ πρὸς ἑσπέραν εἰς ὕπνον μέλλοντας τρέπεσθαι ὅπως ἂν τῇ συνεχείᾳ τῆς μελέτης τῶν τοιούτων λόγων, ζῶντα ἐν αὐτοῖς ἀποφήνωσι τὰ δόγματα. ὃ δὴ καὶ ἡμᾶς ποιεῖν δίκαιον, πρὸς τὸ συναίσθησιν τῆς ἀπ' αὐτῶν ὠφελείας ἰψὲ γοῦν ποτε κτήσασθαι· *Sunt enim nihil aliud verſus iſti, quam Philoſophiae imago abſolutiſſima, ſummorumque in ea dogmatum compendium, atque elementaris inſtitutio poſteris relicta ab iis, qui legem diuinam ſecuti in coelum ſublati ſunt: quas certe humanae etiam ingenuitatis documentum optimum reuera queas nominare, nec putare Pythagorici cuiusdam com-*

Thot, et des Rabins Henoch, et des Arabes Adris. — Un des Hercules a poſé deux Colonnes, pour marquer, qu'un initié s'êtoit avancé jusque-là. Aaron n'en garda qu'une ſous l'idole, qu'il poſa aux Iſraëlites, mais Moiſe reſtitua les deux véritables par l'ordre de Dieu, qui ſe manifeſta aux Iſraëlites *durch die Wolcken- und Feuer-Seulen.* On en environnoit les autels, ce que les Allemands nomment *die Hörner des Altars*, et en les touchant, on fai-

 ſoit

commentationem exiſtere; ſed totius Sacri conuentus, *atque vt ipſi dixerint* ὁμάδος *id eſt,* ſimul audientis coetus vniverſi *praeclaram ſententiam. Quo factum eſt, vt mane verſus iſtos, tanquam oracula Pythagorica, recitante aliquo, audire, idemque veſperi, cum ſe ad ſomnum conuerterent, facere lex eſſet, vt aſſidua eiusmodi ſermonum meditatione, qualia in eis viuerent dogmata appareret. — Quod ſane et nos etiam obſervare iuſtum fuerit, vt quam tandem ab eis vtilitatem colligere valeamus, experiamur.* HIEROCLIS Philoſophi Commentarius in aurea Pythagoreorum Carmina, Londini, excud. ROGERVS DANIEL etc. 1654. pag. 317.

ſoit des Voeux et on ſe mettoit à l'abri, et hors d'inſulte contre tout, dont on étoit menacé. Sampſon après avoir trahi le ſecret fût ecraſé entre deux colonnes, et ecraſa en même tems ceux, qui en avoient pris connoiſſance par ſa trahiſon. Salomon remettoit I. et B. au temple [o]), mais à ſon Academie il mettoit 7 Colonnes avec 7 ſièges de Marbre, dont il fait lui-même mention dans ſons Eccleſiaſtique; Horace appelle Auguſte et Mecene ſes Colonnes, et diſtingue le Droit divin, et humain, et le Droit des Colonnes ou des N. N. [p]) Les Templiers prenoient leur premier quartier à la place de deux Colon-

o) VILALPANDVS *dans ſon Commentaire ſur le Prophete Ezechiel:* C'eſt un des plus ſavants Ouvrages, qui aïent été faits ſur les Prophetes; il contient une déſcription de la Ville et du temple de Jeruſalem, qui eſt un Chef-d'Oeuvre.

p) *Grande decus, columenque rerum.* HORAT. *Non Di, non homines, non conceſſère columnae.* ID.

lonnes au Temple, et y tenoient leur poſte principal q) Voila aſſés de cette matière et une Colonnade aſſés grande pour y mediter à loiſir. —

Les hommes regardoient la chaleur, qui anime tout, et le feu, qui en eſt la cauſe, comme le plus grand bienſait de Dieu; de ſorte, que dans le Paganiſme on croyoit, que les Dieux en avoient même été jaloux, aïans puni Promethée de ce qu'il l'avoit derobé du Ciel —

Ils l'adoroient même, comme nous voïons dans les parents d'Abraham, qui les quitta, pour aller demeurer en Terre Sainte. On diſpute encore, ſi cet Ur Chasdim doit marquer le Soleil ou le feu proprement dit. —

Enfin nous le trouvons en toutes les Ceremonies religieuſes, et les Juiſs l'ont eû en Veneration, puisque Dieu s' eſt ſouvent montré ſous ce ſymbole,

 com-

q) Stravchivs de Ord. milit. Templar, Gvrtlèrvs in hiſt. Templariorum.

comme à Moiſe dans le Deſert [1]). Chés les Romains les Veſtales, ou les filles ſilencieuſes (*cum tacita Virgine* HORAT.) gardoient le feu éternel de Veſta. — L'habillement blanc eſt la marque de la fidelité, et de l'innocence des Moeurs (*Alba rara fides velata panno;* HORAT.) on nommoit alors, et on nomme encore en latin ceux, qui ſont de bonne foi, CANDIDOS, et nous remarquerons, qu'Horace ne nomme CANDIDOS, que les Héros initiés, comme Hercule, Bacchus, Jaſon, Caſtor et Pollux, Theſée, Cadmus,

1) Voyés JOSEPHE L. I. ST. AVGVSTIN de Ciuitate Dei Lib. 16. cap. 13. *Ur Chasdim eſt inguis Chaldacorum.* MARSHAM Canon Chron. *Sed et Secretiores Hebraei proprio nomine Deum ipſum ESTH appellant, latine nos ignem vocamus, quaſi Deus ſit ignis ideoque ſaepius apparet in igne, ut de Moïſe diximus; appcruiſſe autem ideo in igne dicunt Hebraei, ne poſſent ſibi inde idolum Judaei ſculpere.* MVTIVS PANSA PINNENSIS de Oſculo Ethnicre et Chriſtianae Philoſophiae. Cap. XVI. —

mus, Aenée et puis ceux de ſa loge, comme Mécene et le reſte. —— Les initiés reçevoient une Veſte blanche, et s' en ſervoient toujours comme d' une marque de diſtinction: Les Eſſéens étoient habillés de blanc, et les prêtres Juifs à leurs ſacrifices de même [f]). Commençons donc à chercher nos freres à ces marques et premierement en Aſie. — Le plus que nous ſçavons de certain vient des Juifs, premiers des Hiſtoriographes — des autres peuples il n'y a que la tradition, qui nous dit, que Hiram de Tyr, ami de Salomon a auſſi été N. N. et initié et des Chaldéens, et des Mages on peut conjecturer des circonſtances, qu'ils l'aïent été. Abraham donc après avoir quitté Haram, alla en Canaan, de la en

f) *Voyés la remarque* i. — Les Eſſéens donnoient à leurs recipiendaires une hache, une ceinture et un habit blanc: ἀξινάριόν τε καὶ περίζωμα δόντες, καὶ λευκὴν ἐσθῆτα. PORPHYRIUS de Abſtin. Lib. IV.

en Egypte, ou il a eu occafion de fe perfectionner dans ces fciences. —— Ifaac y alla de même pour fe faire initier, et fa predilection pour Jacob nous fait croire, qu'il l'initia lui-même; c'eft pourquoi il eft appellé Servant de la maifon de l'inftitution: Jofeph y vint par occafion. — Les traditions Egyptiennes, fon alliance avec les prêtres d'Egypte, fes bâtimens, et l'honneur qu'on lui a fait après fa mort, l'analogie des fables égyptiennes avec fa vie, et même de fon nom, et de celui de fa femme avec les noms de leurs Dieux, les marques de ces Dieux, fçavoir le Boeuf pour Apis [t]) et l'épi de blé pour Ifis [u]) nous affurent, qu'il fût

t) IVLIVS MATERNVS affure, *Apim fuiffe Iofephi fymbolum.* VOSSIVS de Orig. et Progr. idol. L. I. c. 29. — Voyés auffi RVFINVM in Hift. Ecclef. Lib. II. cap. 23.

u) DIODORE écrit: *In Ifidis pompa alicubi triticum et hordeum praeferri, vt ab ipfa reper-*

fût initié. — La Bénédiction de Jacob est remarquable, il commence pour dire avec Juda: „On n'ôtera pas le „Sceptre de Juda, ni le maître de ses „pieds jusqu'à ce que le Heros vien„ne. — — Les Rabbins initiés et maitres ont bien entendu ce que cela vouloit dire:. — Car après que la parole de Hiram fût reputée perdue, ils gardoient la veritable parole soigneusement entre peu de personnes jusqu'à l'arrivée du vrai Messias, qui alors, comme tout sçavant l'ôteroit à la Maîtrise des Juifs, et publieroit cette parole: Ce qui arriva; car la parole êtant *Abenvervah Hakedosch*, nôtre Seigneur commanda à ses disciples de precher et d'instruire le peuple au nom de Dieu le Pere, Fils, et St. Esprit. — —

C'est

repertas fruges restarentur. PIGNORIVS in mensa Isiaca: ou vous verrés *caput Isidis cum sacro ornatu spica nimirum vulturinisque pennis.* TERTVLLIANVS de Corona militis: *Si et Leonis Aegyptii scripta euoluas, prima Isis repertas spicas capite circumtulit.*

C' eſt de ce nom, qui n' étoit pas inconnu aux Egyptiens qu'on a fait Abraſas, Abracadabra, dont à la fin l'abus a fait des Sortileges [x]). Revenons aux Juifs. —— Peu après Joſeph, Moïſe elevé à la cour de Pharaon a auſſi été initié [y]) et c'eſt de lui, que viennent la plûpart de nos Céremonies —

C' eſt de lui qu' on compte, que la plûpart de Grands Sacrificateurs ont été initiés, on croit même, que les Rois, que les Juifs elûrent, le fûrent de mêmê. — On y compte Bezaleel et Sampſon, dont toute l'hiſtoire s'entend plus facilement en ſuppoſant cette theſe. — Il n'y avoit que ce lien, qui jetta les fondements de l'amitié entre Da-

x) La doctrine de Baſilides eſt connue: voyés Chiffleti *Diſſertationem de gemmis Baſilidianis et Deo Abraxas*, comme auſſi Iacobi Sponii *Miſcellanea eruditae Antiquitatis*, *fol.* 17. *et* 297. et Cvperi Harpocratem.

y) Evstativs *in Comment. in Hexaëmeron*, *fol.* 3. *in edit.* Allatii.

David et Jonathan; car on ne ſçauroit expliquer autrement ces paroles: ton amour me ſurpaſſe l'amour des femmes en douceur etc. ni les marques, qu'il lui donna, quand ils renouvellerent leurs promeſſes; il lui fait auſſi les funerailles en vrai frere, et prend ſoin de ſon fils, quoiqu'il ne pût être initié, étant eſtropié. Il faut que du tems de David il y ait eu des loges en terre Sainte — il y avoit des ecoles à Kiriath Sepher et Abel. — Quand Salomon parvint au regne, il en inſtitua ſur tout à Jeruſalem, qui fût ſi rénommée, que même les païens y vinrent ſe faire initier: Il employa toute ſa ſageſſe à conſtruire le bâtiment parfait du temple. Alors il arriva la mort du Maître et Directeur du bâtiment, Adoram, que d'autres nomment Haram, ou Hiram: Nous trouvons parmi les payens l'Analogie de ſon nom dans celui de Hadores et Horus, celebres par leurs myſteres. — Avant cette mort on étoit fort retenu

tenu à reçevoir des maîtres pour ne pas publier la parole de Maître mentionée. Mais Salomon voyant, qu'il feroit neceſſaire pour eviter les deſordres, de laiſſer participer pluſieurs à cet honneur trouva le moyen, que nous ſçavons, pour lui en ſubſtituer une autre. —— La Prophetie de Jacob nous fait croire, que les Rois de Juda demeurerent en poſſeſſion du ſecret, dont une fois Uſia ſe voulût prevaloir pour entrer au Très-Saint, mais il en fût puni. On nomma en ce tems les apprentifs enfans des Prophétes. Nehemie remit tout en Ordre du tems du ſecond Temple, et on prenoit déja avec l'ecuelle l'epée à la main [z]). Du tems des Maccabéens il

z) etc. Un homme à la fois puiſſant et vertueux a fini nos malheurs, et nous a delivré de l'eſclavage, et il nous a permis de reedifier ce temple ſolemnel, objet des travaux des N. N. parfaits. — Devenus ſages alors par nos malheurs nous avons craint la ſurpriſe une main avec la truelle, l'autre ne quittant point l'épée, pour être toujours en

il y en eut encore les Esseens, qui doivent aussi être reputés pour N. N. Car on sçait d'eux, qu'ils furent *diuturna mysteriorum initiatione recepti*, qu'ils portoient l'habit blanc, qu'ils tenoient leurs soupers en silence; et qu'ils vivoient au milieu de la ville ignorés des autres hommes, ne souffrants point des femmes parmi eux, quoiqu'il leur fût permis de se marier, qu'ils tenoient une etroite amitié, et vivoient fort sobrement, faisants du bien aux pauvres sans s'en glorifier, qu'ils suivoient la regle de Pythagore, qu'ils elurent leurs maîtres et thresoriers, et qu'ils n'a-

en état de repousser nos ennemis, et pour ne plus être troublés dans nos travaux; C'est alors que nous observons sans cesse, et travaillans la truelle dans une main, et l'epée dans l'autre nous apprenons, que nous pouvons nous perdre à chaque instant, si nous ne sommes pas toujours en garde contre nos passions, ces ennemis communs de nôtre bonheur et de nôtre Vertu etc. *Fragment d'un Anonyme N. N.*

n' avoient point de Valets entre eux, etants tous libres : on ne trouve aussi nulle part, que Nôtre Seigneur ait eu des disputes avec eux ni preché contre eux comme contre les autres Sectes des Juifs. PHILO le Juif et PORPHYRIVS *de abstinentia Libro IV.* en parlent au long; et comme EVSEBIVS PAMPHYLIVS *in Lib. VIII. praeparationis Euangelicae* a rassemblé ce, que tous les deux en disent, je l'insererai d'après la traduction latine de FRANCISCVS VIGERVS — „*Operae pre-* „*tium deinceps fuerit, illud etiam* „*animaduertere, gentem hanc Iudaeo-* „*rum vniuersam duas in partes se-* „*ctam ac diuisam fuisse. Non multi-* „*tudinem quidem, ritibus illis omni-* „*bus, quomodo legum ipsarum verbis* „*concepti erant, obstrictam Moses te-* „*neri iussit. At caeteros, quorum* „*mens esset virtusque constantior, cum* „*eo cortice liberatos esse, tum ad di-* „*viniorem aliquam et hominum vulgo* „*su-*

„*superiorem Philosophiam assuescere,*
„*atque in vlteriorem Legum senten-*
„*tiam mentis oculo penetrare voluit.*
„*atque haec fuit Iudaeorum Philoso-*
„*phorum natio, cuius vitae morum-*
„*que rationes infinitos etiam alienige-*
„*nas admiratione complerunt. At*
„*Gentilium suorum clarissimi Iosephus*
„*et Philo, aliique complures eosdem*
„*memoriae posteritatis sempiternae*
„*suis etiam operibus commendare vo-*
„*luerunt. Ego vero plerisque omni-*
„*bus praetermissis, vno duntaxat in*
„*praesentiarum Philonis testimonio,*
„*dicis causa, contentus ero, quod*
„*suis ille passim monimentis inspersit.*
„*Primum ergo lege tu mihi, quae de*
„*illis, in sua pro Iudaeis defensione,*
„*hunc in modum ipse commemorat.*

De veterum apud Hebraeos Philosophorum vita, summa cum virtute coniuncta.

„*Maximam, inquit, eorum multi-*
„*tudinem, qui in eius sese disciplinam*

 „*tra-*

„*tradiderunt*, *Legislator noster ad*
„*mutuae societatis communionem in-*
„*formauit*, *qui Essaeorum nomine*;
„*παρὰ τὴν ὁσιότητα*, *vt mihi qui-*
„*dem videtur*, *hoc est a sanctitate*,
„*appellantur. Plurimas illi Iudaeae*
„*ciuitates*, *pagosque permultos habi-*
„*tant*, *ingentesque admodum et copio-*
„*sas hominum sodalitates instituunt.*
„*Sua illis vitae ratio, non genere con-*
„*stat; (nec enim eorum, qui volun-*
„*tarie conueniunt, genus proprie vo-*
„*cari solet,) sed quadam aemulatio-*
„*ne virtutis, et humanitatis studio*
„*perficitur. Nullus inter eos aut puer*
„*admodum est, aut in prima adhuc*
„*vel pubertate, vel etiam adolescentia*
„*constitutus; quod similium fere ver-*
„*satiles adhuc flexibilesque mores in-*
„*firmioris aetatis mutabilitatem imi-*
„*tentur: At viri iam perfecti, qui-*
„*que nonnihil in senectam vergentes,*
„*vt non amplius aut corporis aestu ac*
„*fluctibus hauriuntur, aut perturba-*

„*tio-*

„tionum impetu rapiuntur, ita plane „vera illa ſolaque libertate potiuntur. „Ac teſtis quidem huius libertatis ipſa „vitae ratio eſt. Peculiare cuiusquam „ac proprium nihil eſt, non domus, „non ſervus, non praedium, non pe- „cus, non aliud quidquam eorum, un- „de opes ac divitiae comparantur. At „ex promiſcua rerum inter ſeſe omnium „communione omnium etiam in ſin- „gulos fructus atque vtilitas redun- „dat. Eodem in loco domicilium ha- „bent, ſuorum hominum coetu in ali- „quot ſodalitates et contubernia diſtri- „buto, conſiliaque ſua omnia in publi- „cum et communem vſum aſſidua ope- „ra et ſtudio conſerunt. Aliorum ta- „men alia occupatio eſt, in quam di- „ligenter et impigre nemo non incum- „bit, vt non modo neque vim frigoris, „neque aeſtum, neque alias coeli mu- „tationes iniuriasque cauſentur, ſed „ipſum quoque ſolis ortum operis ſui „tractatione antevertant, vixque poſt

 „oc-

„occasum sese tandem recipiant. Quo „tempore laetitiae sensum prae se se-„runt, nihilo minorem, quam qui „gymnicis certaminibus exerceri so-„lent. Sic enim intelligunt, longe „se cum humanae vitae vtilioribus, tum „animo simul et corpori iucundioribus „exercitationibus operam dare, imo „etiam longe diuturnioribus, quam „quae Athletarum propriae sunt, cum „illae non vna cum ipsius corporis flo-„re marcescant. Nam ex iis alii Agri-„colae sunt, ac sementis faciendae, et „subigendae terrae peritissimi. Alii „pascendis gregibus omnis generis ope-„ram impendunt suam. Aliis Apum „examina et aluearia curae sunt. Alii „quotidianas artes factitant, vt mo-„lestiis omnibus, quas afferre necessi-„tas et inopia solet, expediti viuant, „adeoque nullam omnino functionem, „si modo culpa vacet, quae ad tuen-„dam vitam commoda sit, obire detre-„ctant. Iam quicquid singuli ex tan-

„ta

„ta operum varietate pretii acceperint,
„id totum communibus suffragiis crea-
„to quaestori tradunt in manus, quod
„ille continuo in necessariis coëmendis
„expendit, quaeque vel ad victum, vel
„ad reliquum humanae vitae commea-
„tur opus fuerint, prolixe suppedi-
„tat. Atque illi eodem quotidie ci-
„bo communique mensa vtuntur, et
„victus similitudine delectati frugali-
„tatem amant, luxum tanquam ani-
„mi corporisque pestem auersantur;
„quanquam non minus apud eos ve-
„stium est, quam mensae communio:
„Nam hyeme hirsutis ac villosis omnes
„laenis induuntur, aestate vero sim-
„plicioribus ac leuioribus palliolis; vt
„facile cuiuis integrum sit, quamcun-
„que libuerit, accipere, cum et quae-
„cunque vnius sunt, ad omnes aeque
„pertineant, et quae vicissim omnium,
„vnius esse censeantur. Quodsi quis-
„piam in morbum inciderit, is com-
„munibus curatur impensis, atque

 „omnium

„*omnium ſtudiis officiisque recreatur.*
„*Seniores quod attinet, vt liberis ipſi*
„*careant, non minus tamen, quam*
„*quibus et foecundiſſima ſoboles et*
„*optima fuerit, in feliciſſima ac ſua-*
„*viſſima ſenectute finem vivendi fa-*
„*ciunt: cum eos tam multi praemiis*
„*auctos potioribus omni honore proſe-*
„*quuntur, qui ad hoc officii genus vo-*
„*luntate potius certoque conſilio, quam*
„*vlla naturae neceſſitate ducantur.*
„*Praeterea, quod ſane vel vnum, vel*
„*omnium maxime communionem illam*
„*diſſipare potuiſſet, ſolertiſſime pro-*
„*videntes, ita nuptias repudiare ſo-*
„*lent, vt integerrimae continentiae*
„*laudem ſibi praecipuam defendant.*
„*Ita Eſſaeorum nemo vxorem ducit,*
„*quod mulier eiusmodi ſit, quae cum*
„*ſe ipſam vehementius amet, ac zelo-*
„*typia laboret immodica, tum viri*
„*quoque mores et facile transuerſos*
„*agat, et aſſiduarum blanditiarum il-*
„*lecebris ac lenociniis emolliat. Nam*
„*vbi*

„vbi verbis ad aſſentationem adulatio-
„nemque compoſitis, ac reliquo ſimu-
„lationis artificio, tanquam in ſcena
„oculos ſemel auresque deliniit, tum
„vero perinde ac circumventis ſubdi-
„tis, Ducem ipſum ac principem Ani-
„mum eundem in errorem inducit.
„Quae ſi liberos quoque ſuſceperit,
„mox procaciae confidentiaeque plena,
„quicquid ſimulate prius ac ſubdole in-
„ſinuabat, id palam atque audacius
„loquitur, exutoque pudore omni per
„vim extorquere conatur, quae qui-
„dem a ſocietate aliena ſunt omnia.
„Quisquis enim aut vxoris irretitus
„illecebris, aut cura liberorum, qua-
„dam naturae neceſſitate, implicatus
„eſt, is aduerſus alios idem, qui prius,
„eſſe non poteſt, ſed plane aliud, hoc
„eſt ex libero ſeruus, ſenſim ac ſine
„ſenſu efficitur; Atque eiusmodi eſt
„illorum vitae ratio, digna profecto,
„quam certatim omnes imitentur.
„Quare non priuati modo, ſed maxi-

„mi quoque Reges id hominum genus „vehementer admirati, ad propriam „instituti dignitatem nouum honori„bus suis et prolixa commendatione de„cus addiderunt. Haec Philo in Apo„logia. Cuius item, in eo libro, quo „probos omnes liberos esse defendit, „haec verba sunt.

Iterum de iisdem.

„Nec ipsa quoque Palaestinae Syria hoc „integritatis ac virtutis prouentu caret, „quam Iudaeorum amplissimae nationis „pars incolit tenet que non exigua. Apud „eos genus quoddam hominum est, plus „quatuor millia, Essaeos vocant, ἀπὸ „τῆς ὁσιότητος, hoc est, a sanctita„te, (non satis tamen, vt mihi qui„dem videtur, ad Graeci vocabuli ra„tionem accurate:) quod praecipua „Deum inter omnes religione veneren„tur, non iam victimas immolando, „sed mentes ipsi suas, vti homines „sanctimoniae professores decet, quam

„stu-

„*studiosissime informando. Ac primum quidem illi vicatim habitantes, sese ab vrbibus segregant ob facilia nimium et quotidiana oppidanorum vitia, cum probe intelligant, ex eorum quibuscum versemur vsu, veluti ex corrupto pestiferoque coelo morbum, ita contagionem insanabilem in animum redundare. Alii colendis agris, alii pacis, et otii sociis artibus factitandis occupati, ita cum suae, tum eorum etiam, qui ad sese ventitant, vtilitati seruiunt, vt nec argenti aurique thésauros recondant, nec immensa praedia fructuum ampliorum cupiditate possideant, sed ea modo comparent, quae tolerandae vitae necessitas postulat. Soli enim ex omnibus prope hominibus, sine pecunia, sine possessionibus (quibus tamen eos voluntas sua potius et instituti ratio, quam iniquior fortuna spoliauit;) habentur locupletissimi, dum in vsu rerum modico*

„*at-*

„atque parabili ſitam eſſe, vti eſt, ve-
„rae abundantiae rationem intelligunt.
„Non telorum apud eos, non iaculo-
„rum, non pugionum, aut galearum,
„non loricarum, aut ſcutorum, deni-
„que non armorum cuiusvis generis,
„aut machinae cuiusquam bellicae fa-
„brum vllum reperias. Imo nec eo-
„rum quicquam moliuntur, quorum
„vt pacis amica ſint, facilis tamen ad
„improbitatem lapſus eſſe queat. Ita-
„que de mercatura, cauponaria, na-
„vicularia ne per ſomnium quidem co-
„gitant, pabula cupiditatis omnia lon-
„ge longiùs amandantes. Servus apud
„eos nemo, liberi omnes: mutuam ſibi
„nauant operam: dominatus genus
„omne damnant, non modo quod in-
„iuſtus, aequalitate tollenda, ſed et-
„iam quod impius conuellenda naturae
„lege videatur: Nos enim ab ea, tan-
„quam a communi parente procreatos
„atque educatos omnes, germanos
„proinde fratres non verbo tenus, ſed
„re

„re ipsa constitutos esse: quam tamen
„cognationem insidiatrix illa cupidi-
„tas, laeto rerum successu felicior,
„alienationem pro necessitudine pro be-
„neuolentia odium inuehendo, distra-
„xit Philosophiae partem eam, quae
„in differendi ratione versatur, quasi
„minus parandae virtuti necessariam,
„verborum argutiarumque captatori-
„bus, quae vero de natura tractat,
„quasi humanae naturae viribus supe-
„riorem, ventorum nubiumque secta-
„toribus relinquunt, nisi quatenus de
„Diuina Essentia, et vniuersi molitio-
„ne philosophatur: in eam, quae mo-
„res informat, quam diligenter in-
„cumbunt, patriarum legum vsi ma-
„gisterio, quarum intelligentiae hu-
„manum ingenium, nisi diuinitus af-
„flatum, par esse non possit. Eas por-
„ro, cum aliis quoque temporibus, tum
„praesertim septimo quoque die doceri
„solent. Sacrum quippe diem illum
„habent, quo ab alio quolibet opere
„feria-

„feriati, sanctioribus in locis, quas
„Synagogas ipsi vocant, ita conueniunt,
„vt descriptis pro aetate ordinibus,
„Iuniores Seniorum ad pedes conside-
„ant, summaque cum honestate ac mo-
„destia docentes audiant. Nam dum
„vnus quispiam e sacris aliquid Vo-
„luminibus recitat, alius quidam e pe-
„ritissimis, quidquid obscurius fuerit,
„enucleat: pleraque enim illi figuris
„et vmbris inuoluta antiquitatis stu-
„dio quodam et imitatione tradide-
„runt. Caeterum pietatis, sancti-
„moniae, aequitatis, rei tum familia-
„ris tum publicae praeceptis informan-
„tur, eorumque simul, quae vere seu
„bona, seu mala, seu denique indif-
„ferentia sunt, cognitionem hauriunt,
„ut expetenda persequantur fugiant-
„que contraria. Quibus in rebus, tri-
„bus quasi finibus ac regulis vti solent,
„amore diuino, studio virtutis, et ho-
„minum caritate. Ac diuinus quidem
„amor infinitis argumentis comproba-
„tur,

„tur, quae partim constans ac perpe-
„tua totius vitae castimonia, partim
„ab omni iureiurando abstinentia,
„partim fuga mendacii, partim deni-
„nique praeclara illa de Deo tanquam
„omnium bonorum fonte, malique nul-
„lius auctore sententia suppeditat.
„Iidem virtutis quam studiosi sint, ex
„diuitiarum, gloriae, voluptatisque
„contemptu, nec non ex temperantia,
„tolerantia, frugalitate, simplicitate,
„modestia, demissione, legum obser-
„vantia, morum vitae constantia, ac
„similibus animi dotibus intelligas.
„Postremo suam erga homines carita-
„tem, benevolentia, aequalitate, quae-
„que orationem omnem superat, omni-
„um inter se rerum communione decla-
„rant. De qua sane pauca hoc loco
„subiungere non abs re fuerit. Pri-
„mum ergo nemini propria vel una
„domus est, quae non omnium simili-
„ter ac promiscue sit. Nam praeter
„quam quod in Sodalitates distributi,
„simul

*„ſimul habitant, eadem praterea omni-
„bus etiam aliunde conuenientibus eius-
„dem aemulis inſtituti patet. Deinde
„commune omnes aerarium impenſas-
„que communes habent, veſtem pariter
„cibumque communem, dum commu-
„nibus vtuntur contuberniis. Enim
„vero laudatam illam eiusdem tecti,
„victus, menſaeque communionem ali-
„bi nusquam re ipſa tam conſtanter
„vſurpatam inuenias. Nec ſane mi-
„rum, quicquid enim ſinguli diurno
„ex labore lucri ſecerint, id non iam
„proprium ac ſepoſitum habent, ſed
„in medium conferunt vniuerſum, dum
„operae ſuae fructum ad omnes perue-
„nire volunt. Ergo qui morbo labo-
„rant, vt eius per ſe ſumptibus impa-
„res illi ſint, non tamen deſeruntur,
„cum in promptu habeant a re commu-
„ni ſubſidium, libereque omnino ac ſe-
„cure ex ampliore illa copia promere
„haurireque poſſint. Seniores a iu-
„nioribus, perinde vt parentes a libe-
„ris,*

„ris, summa cum reuerentia et solli-
„citudine obseruantur, milleque adeo
„manuum pariter ac mentium opera,
„senectutem in rerum omnium abun-
„dantia degunt. Tales apud eos, sua
„illa, Graecorum nominum pompa et
„ambitione carens Philosophia, virtu-
„tis Athletas efficit, quae non alia
„quam rerum laudabilium exercitia
„proponit, quibus libertas illa serui-
„tutis omnis impatiens maxime con-
„firmatur. Quod quidem vel ex eo
„quiuis intelligat, quod variis varii
„temporibus eam in regionem Princi-
„pes incubuerint, tam instituto quam
„ingenio dissimiles. Cum enim alii
„belluarum quoque feritatem immani-
„tate superare conarentur, atque vt
„nihil praetermitterent, quod summa
„crudelitas exigeret, non ante subdi-
„tos modo gregatim immolare, modo
„viuos adhuc est spirantes membratim
„atque frustratim laniorum in morem
„concidere desinerent, quam in similes

„ipsi poenas agente illa rerum huma-
„narum moderatrice iustitia, incidis-
„sent; alii vero quam animo rabiem
„furoremque conceperant, in alium
„improbitatis vultum speciemque ver-
„tentes, excogitato novae acerbitatis
„genere, comiter omnes ac suaviter
„appellarent, itaque barbaram atro-
„cemque naturam voce molliori dissi-
„mulantes, dum instar canum morsu
„venenato sacuientium blandirentur,
„eiusmodi tamen, insanabilibus exi-
„tiis passim importatis, miserorum
„calamitates, quae nulla unquam
„oblivione delebuntur, omnibus in ur-
„bibus tanquam perpetua cum impie-
„tatis suae, tum horribilis in huma-
„num genus odii monimenta reliquis-
„sent: nemo tamen vel efferatorum il-
„lorum, vel fraudulentorum atque pel-
„lacium, huic Essaeorum, vel Hosio-
„rum (hoc est sanctorum) sodalitio
„crimen ullum vel affingere potuit:
„sed omnes omnino ab illorum probi-
„tate

„te victi, iis tanquam a natura liberis iurisque sui factis vsi sunt, eorumque contubernia, singularemque rerum omnium communionem, quod argumentum est integerrimae ac beatissimae vitae certissimum, suo etiam ore celebrarunt."

Ex porphyrio, de prisca et insigni apud Iudaeos philosophandi ratione.

„Iam vero, quae sequuntur, in quarto laudati operis libro, de iisdem Porphyrius ipse commemorat; Essaei, inquit ille, gente quidem Iudaei sunt, at mutuo sese amore prae ceteris omnibus complectuntur. A voluptatibus abhorrent tanquam a scelere; continentiam et cupiditatum victoriam virtutis loco ducunt. Nuptiis abstinent illi quidem, sed alienos liberos, dum ad capessendas disciplinas molles adhuc et flexibiles ii sunt, educandos suscipiunt, quos perinde vt propinquos et affines ha-

„bent, suisque moribus instituunt. „Atque hoc non eo consilio faciunt, „quasi matrimonium, quaeque ipsius „beneficio propagatur, sobolem ac po„steritatem exterminatam velint, sed „vt procacem mulierum petulantiam „effugiant. Diuitias aspernantur, „admirabili omnium inter sese rerum „communione coniuncti, vsque adeo, „vt neminem, qui alterum opulentia „superet, inuenire possis. Lex enim „apud illos est, vt qui hoc vitae insti„tutum profiteri velint, suas ii facul„tates ad communes Sodalitatis vniuer„sae rationes conferant, atque ita nec „in quoquam egestatis humilitas, nec „immodica vis opum ac fortunarum „appareat: sed potius confusis ac per„mixtis singulorum inter se rebus, vna „omnium sit tanquam fratrum eadem„que possessio. Labis instar oleum ha„bent, quo si unctus forte quispiam „inuitus fuerit, corpus ei diligenter „abstergitur: Squalorem enim, non

„secus

„secus ac perpetuum candidae vestis „usum, honori ducunt. Communibus suffragiis communes Procuratores creant, nulloque omnium discrimine, quod cuique opus est, aequaliter suppetit. Non in singulari quadam Ciuitate vniuersi, sed in singulis plurimi domicilium collocant, ac „procul aduenientibus eiusdem Sectae „sociis invicem ac mutuo patent omnia, „atque vt quisque primus eos adspexerit, illis obuiam continuo perinde ac „notis et familiaribus procedunt. Quare dum iter ac profectionem aliquam „suscipiunt, nihil secum expensarum „causa deferre solent. Imo nec vestem calceosue mutant, donec priora „vel discissa omnino fuerint, vel ipsa „vetustate detrita: nec emunt inter „se, venduntue quicquam, sed alter „cum altero suis de rebus, prout opus „habet, accommodat, vicissimque ab „eo, quod sibi vsui sit, accipit: qui „tametsi nihil mutuo rependant, eos

„*tamen à quibuscunque velint, acci-*
„*pere nihil vetat. Iam vero singulari*
„*erga Numen pietate ac Religione sunt.*
„*Nihil enim profani ante Solis ortum*
„*loquuntur, sed patrias quasdam ei*
„*preces nuncupant, quasi vt illucescat*
„*obsecrando. Tum ad eam, quam*
„*quisque nouit, artem Praesidum se-*
„*se iussu conferunt, in qua perpetuo*
„*et continenti ad quintam horam la-*
„*bore versati, eundem simul in locum*
„*denuo conueniunt, ac lineis praecin-*
„*cti frigida corpus abluunt, moxque*
„*ab ea lustratione, proprium in domi-*
„*cilium, quo alterius sectae nemini*
„*pedem inferre licet, vna omnes con-*
„*fluunt, atque ab omni labe puri, non*
„*aliter in Coenaculo quam in Delubro*
„*sanctiore versantur. His ergo pla-*
„*cide ac quiete sedentibus, panes a*
„*Pistore, vnumque singulis ex eodem*
„*cibo ferculum a Coquo non sine deco-*
„*re et ordine apponitur. Cibos au-*
„*tem puros licet ac mundos, certis pre-*
„*cibus*

„cibus Sacerdos ante conſecrat, (nec „vlli niſi praemiſſa precatione quicquam guſtare fas eſt:) idemque confecto prandio cunctis iterum bene „precatur ſicque tam ſub finem, quam „ſub initium, Deo cultum honorem„que perſoluunt. Inde ſacris quaſi „veſtibus poſitis, rurſum opus quisque „ſuum ad Veſperam vsque repetit, quo „tempore coenam, eodem quo pran„dium, ritu ſumunt, conſidentibus „ſimul hoſpitibus, ſi qui forte advene„rint. Caeterum nullo vnquam aedes „aut clamore aut ſtrepitu polluuntur, „ſed aliis alii modeſte atque ordine lo„quendi locum cedunt; adeoque omni„bus, qui foris illuc adueniunt, hor„rendi inſtar Myſterii eorum, qui do„mum iſtius ſeptis continentur, ſilen„tium eſt: cuius ſane cauſa eſt perpe„tua continensque frugalitas, qua fit, „vt cibum atque potum iuſtae neceſſi„tatis lege metiantur. Porro huius „in ſectae atque inſtituti Societatem

„venire cupienti non continuo patet „ingressus, sed ei foris annum inte- „grum manenti genus idem vitae prae- „scribunt, ac dolabellum, cingulum, „vestemque candidam tradunt. Qui „postquam hac temporis intervallo ab- „stinentiae temperantiaeque suae do- „cumenta dedit, propius quidem ad „instituti communionem accedit, ac „purioribus aquis una cum caeteris „lustrari incipit, nec dum tamen ad „conuictum admittitur. Nam post to- „lerantiae probationem, aliis duobus „annis mores eius explorant; quibus „exactis, si dignus habeatur, in con- „sortium tandem accipiunt. Prius- „quam tamen communem cibum attin- „gat, horrendi sese illis iurisiurandi „formula obstringit: In primis qui- „dem, pium se ac religiosum aduer- „sus Numen futurum; deinde illibata „humanae Societatis iura servaturum, „adeoque nec sponte, nec alterius ius- „su in cuiusquam iniuriam adductum

„iri;

„*iri; sed potius et iniuriosos omnes „odio habiturum, et illatas probis in„iurias coniuncta voluntate subitu„rum. Addit praeterea, constantis „et integrae cum erga caeteros omnes, „tum praesertim erga Praesides se „fidei fore, quod nulli sine Dei numi„ne imperandi ius obueniat. Quod si „forte sibi aliquando deferetur, datu„rum se operam, ne potestati suae la„bem inurat, nec in veste corporisue „cultu prae aliis, quibus imperabit, „eximium quicquam aut splendidum „habiturum. Ad haec, veritatis amo„rem ac studium, hominumque men„dacium fugam, manus in furto, ani„mum ab iniquo quaestu purum ac „syncerum, plana suis apertaque omnia, „apud alienos vero altum, quodque „ne praesenti quidem necis timori ce„dat, eorum de rebus silentium polli„cetur. Ad extremum fore, vti nec „aliter, quam acceperit, cum aliis „sectae suae dogmata communicet, et*

 „*ab*

„ab omni latrocinio caueat, instituti-
„que sui libros et Angelorum nomina
„pari diligentia studioque conseruet.
„Huiusmodi ergo est Sacramenti for-
„mula. Quisquis autem grauioris
„criminis peractus ab iis, ac propter-
„ea eiectus fuerit, cum male perire
„necesse est. Nam et iureiurando mo-
„ribusque constrictus, ne aliorum qui-
„dem escis vti potest, sed herbis ali-
„quamdiu victitando, misere tandem
„fame contabescit. Quare multos ipsi
„miseratione commoti, supremam ad
„necessitatem adductos, receperunt, ra-
„ti videlicet, graues satis peccatorum
„suorum poenas ab iis esse hoc ad mor-
„tem vsque cruciatu persolutas. Cae-
„terum ligonem suis illi sectatoribus
„hac de causa tradunt, quod ipsimet
„nonnisi in fouea, quam humi pedis
„altitudine foderint, considere soleant,
„idque veste obuoluti, ne Dei splendo-
„ri ac radiis iniuriam faciant. Et
„quidem tanta ipsorum est in victu
„fru-

„*frugalitas, atque parſimonia, vt ne*
„*ſeptimana quidem integra egerendi*
„*ſit vlla neceſſitas. Quam ſibi abſti-*
„*nentiae legum dixere, partim vt ad*
„*hymnos Deo concinendos aptiores ſint,*
„*partim vt faciliori vtantur ſomno.*
„*Atque hoc perpetuo viuendi genere,*
„*eo tolerantiae peruenerunt, vt nec*
„*equuleo fidibusque torti atque diſtra-*
„*cti, nec flammis vſti, nec caeteris*
„*omnibus cruciatuum machinis tenta-*
„*ti, vt vel legum ſuarum Auctori ma-*
„*ledicant, vel inuſitatum cibum at-*
„*tingant, alterutrum ab ſe vnquam*
„*extorqueri patiantur. Cuius rei ſin-*
„*gulare Romano bello ſpecimen ac do-*
„*cumentum dedere. Nunquam enim*
„*ipſis exprimi aut erga tortores mol-*
„*lior ac blandior vlla vox, aut oculis*
„*lacrymula potuit: ſed in mediis tor-*
„*mentorum doloribus ſubridendo, car-*
„*nifices ipſos dicteriis ſalibusque mor-*
„*debant, animumque ſuum, tanquam*
„*denuo recepturi, placide atque hila-*
„*riter*

„riter emittebant. Quippe apud ipsos „enim constans haec sententia obtinuit, „corpora quidem interitui esse obnoxia, „nec solida ex materia perennique „consistere; animos tamen immortales „vitam agere sempiternam, qui ta- „metsi tenuissimo ac subtilissimo ex Ae- „there, Naturae quodam impetu de- „tracti, corporibus ad tempus illigen- „tur, eorum aliquando tamen vincu- „lis expediti, sic tanquam seruitute „diuturna liberati, exultent deinceps, „ac sublimes ferantur. Hoc igitur „ex instituto, et continenti veritatis „pietatisque studio, mirum profecto „non est, existere plurimos, rerum „etiam futurarum scientia praeditos, „quippe qui a pueritia cum sacris lit- „teris, tum variis lustrationibus, Pro- „phetarumque dictis assidue ac dili- „genter informentur, vt raro admo- „dum suis in praedictionibus illos a „vero aberrare contingat." Haec Porphyrius, ex antiquis, vt facile quiuis *quinis intelligit, hausta Monimentis, de Essaeorum partim religione, partim philosophandi ratione, in quarto sui de rerum animatarum Abstinentia operis libro testatus est. etc.*

Voila assés parlé des N. N. entre les Juifs: En Afrique l'on ne sçait tenir une Chronologie si parfaite, quoi que rien ne soit plus sur, que les mysteres d'Isis n'ayent eu le même fondement, que les nôtres, comme nous verrons: — Hercule l'afriquain y fût initié de même qu'Orphée, qui comme babillard fût puni, quoique cet evenement soit envelopé dans des fables. Ce qui nous reste de ses ecrits est plein de mysteres [aa]). Après ceux vient Sethos Roi d'Egypte [bb]). Plusieurs Sages et Phi-

aa) *de mysteriis theologicis in Orphei Carminibus* voyés Mutius Pansa Pinnensis de osculo Ethnicae et Christianae Philosophiae Cap. LXVIII.

bb) *Sethosis quinquagesimus Thebanorum Rex est Herodoti Sesostris, Iosephi Sesac.* Marsham in Canone Chron.

Philosophes de la Grece et des Romains sons aussi allé à Memphis pour se faire initier à ces mysteres cc), et le dernier,

cc) MEVRSIVS in Solone C. XXVI. PLVTARCHVS *inquit, primum in Aegyptum est delatus Solon, ibi commoratus, vt ipse dicit: ad Nili fauces qua littora curva Canobi. Aliquantisper vero etiam cum Psenophi Heliopolita et Sonchi litteratissimis Sacerdotum philosophatus est, a quibus etiam, vt Plato auctor est, Sermonem Athlanticum cum audiuisset versibus asserre ad Graecos cum instituit: Eius in Aegypto commorationis et Sonchis Saitae ac Psenophios Heliopolitae meminit iterum Lib. de Iside et Osiride, nisi quod Oenuphis illic, qui Psenophis hic, dicatur — In colloquio autem illo cum sacerdotibus cum de rebus antiquis interrogaret, quidam Seniorum ipsum sic affatus est: O Solon, Solon, Graeci semper pueri estis, Senex nullus est Graecorum —*

LOUIS LE ROI de la Vicissitude etc. L. IV. c. 3. *Il che testificano ancora i piu Savii ed i più dotti huomini della Grecia Solone, Thalete, Platone, Eudoxo, Pithagora, che andarano à posta in Egitto per conferir co i sacerdoti del paese e che Pitagora fu molto da loro istimato ed esso all' incontro di loro fece grandissimo conto, talmente, che il loro mistico modo di ragionar con parole coperte imitar volse e velare la sua dottrina ed i suoi concetti sotto parole figurate ed enigmatiche essendo le lettere, che hieroglifice in Egitto si domandano*

nier, dont nous avons connoiſſance fût Apulejus. Voyons ce que nous en eſt connû et jugeons de la du reſte. Apulejus dans ſon âne d'or L. XI. eſt fort circonſpect, et ne veut rien dire, d'ou les profanes puiſſent avoir quelque ſoup-

dano quaſi tutte a i precetti di Pitagora ſimili e conformi —— Le même L. V. c. 17. *I perſonaggi dotti, che di Grecia in Egitto per intendere le lor leggi e ſcienze paſſarono, furono Orfeo, Muſeo, Melampo, Homero, Licurgo, Solone, Platone, Pitagora, Eudoxo, Democrito, Inope, i quali tutto quel, che digno d'ammiratione gli ha fatti, impararono, perioche Orfeo ni riportò gli himni de i Dei, le feſte, le pene ed i premie de i defonti, l'uſo delle imagini. Similmente Licurgo, Platone, e Solone havere alle loro Republiche portato di là molti ordini e leggi preſe da gli Egittii. Pitagora nelle ſacre ſcritture d'Egitto la Geometria e l'Arithmetica havere imparato e la transmigratione inſieme dell' anime da un corpo all' altro; e che Democrito in cinque anni, che vi ſtette molti Secreti dell' Aſtrologia inteſe: Inope ancora, havendo lungamente cò Sacerdoti e con gli Aſtrologi d'Egitto frequentato di tutte le attioni e moti del Sole e del corſo dell' altre ſtelle, della qualità del Zodiaco e di molte altre coſe tali la conoſcenza in Grecia portò etc.* ——

ſoupçon; tout ce qu'il peut ecrire ſanſ ſa conſcience eſt ceci: „*Quaeras forſitan ſatis anxie, ſtudioſe lector, quid deinde dictum, quid factum? dicerem, ſi dicere liceret: cognoſceres, ſi liceret audire, ſed parem noxam contraherent aures et linguae illae temerariae curioſitatis: —— Nec te tamen deſiderio forſitan religioſo ſuſpenſum angore diutino cruciabo: igitur audi, ſed crede, quae vera ſunt: — Acceſſi Confinium mortis et calcato Proſerpinae limine per omnia vectus elementa remeaui: Nocte media vidi Solem, candido coruſcantem lumine: Deos inferos et Deos ſuperos acceſſi coram, et adoraui de proximo — Ecce tibi retuli, quae quamuis audita ignores tamen neceſſe eſt, ergo quod ſolum poteſt ſine piaculo ad profanorum intelligentias enunciari referam.* —

Je raſſemblerai ce qu'on trouve diſperſé parmi tous les ecrivains

vains [dd]), pour en tirer ce qu'il y a de la reſſemblance avec nous — On preparoit les initiés premierement par beaucoup de queſtions, par un grand jeune, par quelques jours de ſilence, enfin par l'ablution, et la Luſtration, ou ils ôtoient tous leurs habits et tous metaux pour ſe purifier — Au jour de l'introduction et reception on leur donnoit un introducteur, qui monta devant eux l'eſcalier et les mena par un Portique obſcur gardé par trois Portiers, qui demandoient les noms et l'intention, après on leur faiſoit eprouver les quatre Elements, et enfin leur fit voir la lumiere, et les amena devant l'autel des trois Dieux,

dd) PLVTARCHVS *de Iſide et Oſiride.* APVLEII *Aſinus aureus* — PLATONIS *Opera* — KIRCHERI *Oedipus Aegyptiacus.* MEVRSII *Eleuſinia* — CICERO *de Legibus.* DIODORVS SICVLVS, ARNOBIVS, EVSEBIVS, CLEMENS ALEXANDRINVS, MARSHAM *in Canone Chron.* VIRGILIVS *in Aeneide.*

Dieux, Oſiris, Iſis et Orus, ou le Soleil, la Lune et le Maître de Silence [ee]) ou ils prêtoient le ferment entre les Mains du grand Sacrificateur, qui leur expliqua les myſteres, et entre autres, que tous les Dieux, que les Profanes adoroient n'étoient rien moins, que cela, que ce n'étoient que de grands hommes, initiés parmi eux, qui par leur propre merite et le ſecours de leurs freres s'étoient pouſſés dans le monde, et avoient fait presque des miracles, ou avec le tems et l'adreſſe de l'ordre on avoit ajouté toujours plus juſ-

ee) *Harpocratem et Orum eundem eſſe demonſtrat* CUPERUS in Harpocrate pag. 4. et idem pag. 22. *Erat autem Orus aegyptiorum numinum perpetuus comes, ubicumque fere Serapis et Iſis aliive Dii colebantur ibi etiam Harpocratis ſimulacrum erat: hinc eſt quod frequenter in gemmis junguntur non ſecus ac inſcriptionibus vetuſtis* —— Vous trouves chés Cuper fol. 35. et 46. ces trois Dieux enſemble ſur deux Antiques. —— Voyés auſſi SPON in Miſcell. erud. Antiqu.

jusques à les deifier, que chacun des initiés pouvoit aſpirer au même honneur et qu' on leurs y préteroit les mains volontiers pourvû que ce fût en faiſant du bien, que tous ces Oracles et Prophcties ne provenoient, que par la grande Correſpondence des Prêtres par le moyen des initiés, qui, n'étants pas connus à tous, les inſtruiſſoient des circonſtances les plus ſecrettes. Ils enſeignoient encore, qu' il n' y avoit qu' un ſeul Dieu, repreſenté ſous ces trois noms [ff]); enſuite on leur donna

 la

ff) ATHANASIVS KIRCHERVS in Sphynge myſtagoga fol. 26. etc. *Aegyptios Trinum rerum omnium Principium credidiſſe, quod et triforme Numen vocant e Suida paſſim oſtendimus, quod et globo alato Serpenti ſocto hieroglyphikῶς exprimebant. Hoc dogma omnes fere Pythagoricae et Platonicae Scholae ſecta-tores amplexati ſunt. Quomodo autem Trinum in vno cognouerint, aperiam. Ex Hermeticis fragmentis colligitur, a principio ab vno, a Deo facta eſſe omnia; ſine principio enim factum eſſe nihil; Principium autem ex nullo niſi ex ſeipſo: at Principium, vt demonſtratum eſt, vnum ipſum, vnum quoque, et μονὰς,* apud

la Veſte des initiés, on les retint au Sou-

apud eundem Hermetem idem ſunt ; ἡ γὰρ μονὰς πάντων ἀρχὴ, καὶ ῥίζα, ἐν πᾶσιν ἐςι, *Eſt enim* monas *omnium principium, et radix in omnibus exiſtens. Monas ergo cum principium ſit, omnem numerum continet, a nullo contenta, omnem numerum generat a nullo alio numero genita ; unde non ſine ratione ab Hermete* μονὰς πατρικὴ, *Monas paterna dicitur. Si paterna eſt, ergo generat, at quid? id nimirum, quod poſt ipſum primum eſt natura, Duo videlicet. Duo ergo ante omnia generat Monas ;* Ταναή ἐςι μονὰς, ἡ δύο γεννᾷ, *protenſa eſt Monas quae duo generat, dicit Zoroaſter, quam et Dyadem nominat apud Patrem ſedentem,* δυὰς γὰρ παρὰ τῷ κάθηται, *Dyas autem apud hunc ſedet. Monas itaque Dyadi iuncta Triadem conſtituit, quam ubique fulgere docet,* παντὶ γὰρ ἐν κόσμῳ λάμπει τριὰς ἧς μονὰς ἀρχὴ, *toto enim in mundo trias fulget, cuius Monas princeps eſt : Tota autem haec Monas iuxta eos in tria principia euadit, quia tria haec unum principium ſunt, quae mundo dominantur, ut omnia eis ſeruiant :* ἀρχαῖς γὰρ τρισὶ, ταῖς δὲ λάβοις δουλεύειν ἅπαντα, *tribus enim hiſce principiis accipias ſeruire omnia : hinc Monadem illam ſaepe patrem vocat et primum principium, ſecundum vero* πατρικὸν νόον αὐτογένεθλον, *paternam mentem ſeipſa genitam, id eſt, potentiam patris, ut nominat his verbis,* οὐδὲ ἐν τῇ δυνάμει κλείσας ἴδιον πῦρ *neque in ſua potentia clauſit proprium ignem : Tertium vero principium Mentem ſecun-*

Souper, ou l'on cimenta une amitié
E 3 par-

secundam vocat, πάντα γὰρ ἐξετέλεσε πατὴρ καὶ νῷ παρέδωκε δευτέρῳ. *Omnia perfecit pater, et Menti tradidit secundae. Mentem vocat secundam, quia illa* αὐτογένεθλος *per se et ex se genita est prima estque terminus fundi paterni, ita tamen, ut maneat in fundo paterno*, μήτε προῆλθεν ἀλλ' ἔμενον ἐν τῷ πατρικῷ βυθῷ. *Hanc praeterea* αὐτουργὸν καὶ τοῦ πυρίου τεχνίτην κόσμου καὶ τὸν νοῦ νόον. *Ex seipsa operantem et mundi ignei artificem Mentem mentis vocat: Trismegistus vero* πάντων τὸν κύριον καὶ θεὸν, καὶ πηγὴν καὶ δυνάμιν καὶ νόον καὶ πνεῦμα *vocat, et in Vnitate Trinum his verbis asserit: Vna sola lux fuit intellectualis ante lucem intellectualem, et fuit semper mens mentis lucida, et nihil aliud fuit huius Vnio, quam spiritus omnia connectens, semper in se existens* ἀεὶ τῷ ἑαυτοῦ νῷ καὶ φωτὶ καὶ πνεύματι πάντα περιέχων *Semper sua mente et luce et spiritu cuncta continens: Vbi sane per Mentem Lucem, spiritum, nihil aliud innuere videtur, nisi patrem, et filium, et spiritum sanctum; et hoc ita eum sentire expresse docet citato loco. Ex Mente, inquit, prima lucidum verbum filius Dei, idem cum patre* οὐ γὰρ διΐστανται ἀπ' ἀλλήλων, ἕνωσις γὰρ τούτων ἡ βίωσις *Neque enim distant a se inuicem sed vnio eorum est vita. Et alibi quoque eum* τῷ δημιουργῷ ὁμοούσιον *id est, Patri consubstantialem dixit; Mentem vero septem condidisse, ait, Rectores, qui sensibilem mundum Circulis continent* — *Atque haec sunt vetustissima omnium*

sacrae

parfaite, et ou l'on étoit assis selon sa rece-

sacrae Theologiae dogmata a Zoroastre et Hermete Mundo primaeuo propalata, vt proinde hanc doctrinam non immerito Proclus θεοπαράδοτον καὶ θεόδοτον a Deo traditam et datam asserat. Hanc SS. Patres nullo non tempore veluti ab hominibus diuino spiritu afflatis eructatam admirati sunt; Orpheus deinde huius doctrinae illustratus splendore, et is Triadem hanc agnouit, quam Phaneram, Vranum, Cronum, vnum Numen tribus distinctum nominibus asserit. Plato vero tres Reges appellauit: et Theologia Aegyptiaca a Platone oretenus tradita, ab Aristotele propalata his verbis dicta, confirmat: Ideo nos asserimus, quod Deus creauit Intellectum primum, et constituit eum Procreatorem aliarum rerum; creauit autem eum medio Verbo: quomodo? neque enim inter Deum, et Intellectum aliud medium intercedit nisi Verbum, quod et fuit coagens Intellectus. Atque ex hisce Authoribus plerique Platonici sequentium scientiarum suorum de tribus principiis tractatuum occasionem sumpserunt: vti Porphyrius, Plotinus, Iamblichus, Proclus, Syrianus et Damascius; in quibus tametsi inter se in tribus hisce principiis dissenserunt, omnes tamen in hoc consensisse videntur, quod haec Tria rerum omnium et Mundi totius facerent principia, seu tres Substantias conditrices. Sed quomodo primi isti Theosophi ad eam ingenii illustrationem prouecti fuerint, merito cuipiam mirum videri posset. Verum qui Nostra passim in hoc opere tradita legerit, is facile a con-

reception; Le jour ſuivant on fût, ſi

E 4 on

concepto dubio liberabitur. Cum enim Hermetem e Cananaea ſtirpe et Abrahamo σύγχρονον paſſim demonſtrauerimus, fieri non potuit, quin multa curioſum et omniſcium ingenium, ab iis de vera et recta Theologia, quam oretenus a Protoplaſto profectam et continua ſucceſſione vſque ad Noëmum deriuatam habebant (inter quae Diuinae reuelationis Sacramenta non infimum erat Sacroſanctae Triadis Myſterium) expiſcatum ſuerit, quae deinde variis Symbolorum inuolucris veſtita poſteris tradiderunt. Trinum hoc Sacroſanctae Triadis Numen omnes Veteres Philoſophi inſuperabilem, incomprehenſibilem ſemper et vbique exiſtentem, aeternam, infinitam Potentiam, et Mentem dixerunt, Aegyptios ſecuti. Inſuperabilis Potentia eſt, quia infinita virtute pollet, ideoque comprehendi non poteſt. Vbique et ſemper exiſtit, qui omnia implet infinita ſua exiſtentia. Hinc Orpheus: qui omnes mundi partes continet, generationis expers; et Virgilius: Iouis omnia plena. Cum itaque omnia vi ſua impleat, omnibusque inſit, vitam motumque praebendo ſingulis mundi corporibus: hinc non ſine ratione Dionyſius Areopagita eundem κόσμιον, περικόσμιον, ὑπερουράνιον, καὶ ὑπερούσιον, mundanum, circamundanum, ſupramundanum, ſupercoeleſtem, et ſuperſubſtantialem vocat; quem et aſtrum, Solem, Ignem, Aquam, Spiritum, rorem. Nubem, Lapidem, Omnia exiſtentia et nihil exiſtentium appellat, qui ſe ipſo omnia implens, omnia circumſonare facit; Quod idem et Aegyptii ſenſerunt —

on le demandoit, mené en tromphe par la Ville un rameau en Main etc. On doit ſçavoir, que ce grand nombre des initiées étoit ce que nous appellons aujourd'hui apprentiſs et freres ſervants, et qu' il y avoit un rang plus elevé pour les autres. — Nous trouvons qu' Orphée et Apuleje font mention d'une double initiation, celle d' Iſis, et celle d' Oſiris et ſans doute il y avoit encore pluſieurs degrés.

Etants montés au ſupreme degré on les admettoit au Tombeau d' Iſis ou il fût ecrit: *ἐγώ εἰμι πᾶν τὸ γεγονὸς, καὶ ὂν, καὶ ἐσόμενον, καὶ τὸν ἐμὸν πέπλον ὐδεὶς πω θνητὸς ἀποκαλυψεν: Ego ſum omne, quod ſuit, eſt, et erit, meumque peplum nemo adhuc mortalium detexit:* — On n'y admettoit pas les femmes même des prêtres — Les initiés étoient en grande reputation; Lucien dit par la bouche d'un initié: „Qui ſçauroit mieux cacher les ſecrets, que moi, qui ſuis initié? —

et

et Socrate dit dans ſon Platon: Les initiés ſon ſûrs de venir en la compagnie des Dieux — Ceux qui ne pûrent paſſer par l'epreuve ſûrent gardés ſous la terre, et ne revenoient plus à la lumiere: On avoit auſſi pluſieurs ſortes de punition, qu'ils repreſentoient par les peines d'Enfer: Car Promethée après avoir derobé aux Dieux le Secret du feu le publia parmi les hommes, et pour cela le coeur lui fût arraché par un aigle ſervant de Jupiter 88). Tantale aïant êté au Souper des Dieux ne ſçut retenir *garrulam linguam*, et en fût puni à voir devant ſoi, de quoi ſe raſſaſſier, et à n'en jouir jamais, cela ſignifie, que la porte de la Loge lui fût deſormais fermée: Oedipe, aiant pu-

88) Voyés BELLORII *Obſerv. ad vet. Lucernas ſepulchr*; ou vous verrès, *furtum Promethei una manu flammam celeſtem tenentis altera] coelum ſuperne monſtrantis*, et *ſupplicium Promethei Caucaſo aſſixi et lacerati ab aquila* —

blié l'enigme du Sphinx, fût puni comme Samson par la perte de ses yeux, et ne revût plus la lumiere. —

En Europe nous retrouverons nos mysteres dans ceux d'Eleusine, qui étoient en si grande veneration parmi les anciens — On s'est donné toutes les peines du monde à sçavoir, en quoi ils consistoient, mais on n'a sçû en attraper le veritable fondement — Tachons pourtant d'en dire quelques mots touchant les Ceremonies de la reception — Il suffiroit de citer les ELEUSINIA du sçavant MEVRSIVS, mais un fragment d'un manuscrit allemand sur cette matiere m'étant tombé entre les mains, je l'insererai sans l'alterer, et même sans le traduire: „*Die Eleusinischen Geheimnisse, welche Erechtheus zur Ehre der Ceres errichtete, und die Gebräuche dazu von den Egyptischen Geheimnissen der Isis, mit denen sie auch daher fast durchgängig übereinein-*

einstimmten, entlehnte [hh]), *waren bei den Alten in dem größten Ansehen, so wie sie es auch in Ansehung ihres Entzwecks, welcher auf die Verbesserung und Vollkommenmachung des menschlichen Lebens gerichtet war, verdienten* [ii]). *Sie theilten sich in die klei-*

hh) τοῦτον γὰρ (τὸν Ἐρεχθέα) παραλαβόντα τὴν ἡγεμονίαν καδεῖξαι τὰς τελετὰς, τῆς Δήμητρος ἐν Ἐλευσῖνι, καὶ τὰ μυστήρια ποιῆσαι μετενεγκόντα τὸ περὶ τούτων νόμιμον ἐξ Αἰγύπτου. *Hunc vero Erechtheum accepto Principatu Eleusine mysteria illa Cereris edocuisse, ritu eorum ex Aegypto translato.* DIOD. SICVLVS Lib. I. —

ii) ARRIANVS in Epictetum Lib. III. c. 21. *saget, indem er von diesen Geheimnissen redet:* ἐπὶ παιδείᾳ καὶ ἐπανορθώσει τοῦ βίου κατεστάθη πάντα ταῦτα ὑπὸ τῶν παλαιῶν; *ad disciplinam et emendationem vitae constituta sunt omnia haec ab antiquis.* CICERO de Legibus L. II. c. 14. *Multa eximia diuinaque videntur Athenae tuae peperisse, atque in vitam hominum attulisse; tum nihil melius illis mysteriis quibus ex agresti immanique vita exculti ad humanitatem et mitigati sumus: initiaque vt appellantur, ita reuera principia vitae cognouimus.* — IDEM Verr. V. C. 72. *Teque Ceres et Libera, quarum Sacra, sicut opiniones hominum ac religiones ferunt, longe maximis atque occultissimis caere-*

kleinern und in die größern Geheimnisse; erstere erfand Eumolp, als Hercules verlangte, in den größern eingeweyhet zu werden, zu welchen er jedoch als ein Fremder nach den damaligen Gesetzen nicht zugelassen werden konnte. kh.) *In den nachfolgenden Zeiten aber waren diese kleinern Geheimnisse eine Vorbereitung zu den größern, indem niemand in diesen* ein-

caeremoniis: a quibus initia vitae atque victus, legum, morum, mansuetudinis, humanitatis exempla hominibus et ciuitatibus ac dispertita esse dicuntur. —

kk) Scholiastes ARISTOPHANIS ad PLVTVM: *Magna et parua mysteria peragebantur in Eleusine Atticae. Quum autem antea non extitissent parua, veniente Hercule et cupiente initiari, quoniam lex erat apud Athenienses, neminem peregrinum initiari, reueriti eius virtutem et quod propitius fuerit vrbi et filius Iouis, egerunt parua mysteria, quibus ipsum initiaverunt. Man sehe auch hiervon, und daß anfänglich nur gebohrne Athenienser in diesen Geheimnissen eingeweihet wurden,* SPON in Miscell. eruditae Antiquit.

eingeweihet werden konnte, er wäre denn erst durch jene und zwar folgendergestalt aufgenommen und gereiniget worden. Diese Aufnahme geschahe zu Agris, *einem Flecken in* Attica *bey dem Fluß* Ilyssus *in einer kleinen Capelle* [ll]*). Die Aufzunehmenden trugen Kronen und Kränze von Blumen, welche* ἴμερα *oder* ἴσμερα *genennet wurden* [mm]*), und sie wurden von einem Prie-*

ll) Scholiastes ARISTOPHANIS ad PLVTVM Act. IV. Sc. 2. "Ἐξι τὰ μικρὰ μυςήρια ὥσπερ προκάθαρσις καὶ προάγνευσις τῶν μεγάλων. *Sunt parua mysteria tanquam praecedens purgatio et praeparatio magnorum.* "Αγρα, καὶ ἄγραι, ὃ τὰ μικρὰ τῆς Δήμητρος ἤγετο μυςήρια· ἃ ἐλέγετο τὰ ἐν ἄγραις: EVSTATH. Iliad. β. — POLYAENVS Lib. V. c. 17. Ταῦτα μὲν δὴ συνέθεντον παρὰ τὸν Ἰλισσὸν, ὃ τὸν καθαρμὸν τελοῦσι τοῖς ἐλάττοσι μυςηρίοις: *haec quidem transegerunt ad Ilissum, vbi lustrationem peragunt minoribus mysteriis.* — *Von der Aufnahme in einer kleinen Kapelle redet* DION CHRYSOSTOMVS Or. XII. Ἐν Οἰκήματι μικρῷ, παρασκευασθέντι πρὸς ὑποδοχὴν ὄχλου βραχέος ὑπὸ Ἀθηναίων. *in domicilio paruo, exstructo ad receptaculum paruae turbae ab Atheniensibus.* —

mm) HESYCHIVS ἴμερα τὰ πρὸς τοὺς καθαρμοὺς

Priester Daduchus *genannt, auf Häute von den dem Iupiter geopferten Thieren, welche* Διὸς κώδια *hießen, gestellet* nn). *Hierauf erhielten sie von einem andern Priester, welcher von dem Wort* ὕδωρ, *Wasser, weil man sich des Wassers bei allen heiligen Reinigungen bediente,* ὑδρανὸς *hieß* oo), *die Lustration und alsdenn die Anfangsgründe der Unterweisung in den Geheimnissen, und zugleich eine Vorberei-*

μοὺς φερόμενα ἄνθη, καὶ στεφανώματα, *flores ad lustrationes ferri sueti et coronae.* — HESYCHII Glossae ἴσμερα τὰ εἰς τοὺς καθαρμούς; *quae ad lustrationes.* —

nn) SVIDAS Διὸς κώδιον: οὗ τὸ ἱερεῖον Διῒ τέθυται χρῶνται δ'αὐτοῖς οἵ τε σκιῤῥοφορίων τὴν πομπὴν στέλλοντες, καὶ ὁ δαδοῦχος ἐν Ἐλευσῖνι, καὶ ἄλλοι τινες πρὸς τοὺς καθαρμοὺς, ὑποστρωννύντες αὐτὰ τοῖς ποσὶ τῶν ἐναγῶν. *Iouis vellus, cuius victima Ioui immolata est:* — *Vtuntur autem illis et qui Stirrophoriorum pompam parant, et Daduchus Eleusine, et alii quidam ad lustrationes, substernentes illa pedibus eorum, qui nefas fecerunt.* —

oo) HESYCHIVS ὑδρανὸς ἁγνιστὴς τῶν Ἐλευσινίων, *Sacrator Eleusiniorum.* —

bereitung zu den größern mitgetheilet, nebst dem Namen μύσαι [pp]). *In diesen kleinern Geheimnissen stiegen sie in einem jeden Jahr weiter in den Kenntnissen bis zum fünften Jahr nach ihrer Aufnahme, in welchem sie erst in den größern Geheimnissen eingeweyhet werden konnten* [qq]). *Vor der*

pp) CLEMENS ALEXANDR. Strom. V. οὐκ ἀπεικότως ἄρα καὶ τῶν παρ' Ἕλλησιν ἄρχει μὲν τὰ καθάρσια, καθάπερ καὶ τοῖς βαρβάροις τὸ λουτρόν· μετὰ ταῦτα δ' ἐςὶ τὰ μικρὰ μυςήρια διδασκαλίας τινὰ ὑπόθεσιν ἔχοντα, καὶ προπαρασκευῆς τῶν μελλόντων· τὰ δὲ μεγάλα περὶ τῶν συμπάντων· ὃ μανθάνειν ἔτι ὑπολείπεται, ἐποπτεύειν δὲ καὶ περινοεῖν τὴν φύσιν, καὶ τὰ πράγματα — *Non indecenter ergo et mysteria, quae apud Graecos, inchoant lustrationes, quemadmodum apud Barbaros lauacrum. Post haec autem sunt parua Mysteria, doctrinae quoddam fundamentum habentia, et praeparationis futurorum: Magna vero vniuersorum: Discere non amplius restat, contemplari autem et comprehendere naturam et ipsa facta.* —

qq) SENECA Natur. Quaest. Lib. VII. C. 31. *Non semel quaedam Sacra traduntur; Eleusis seruat, quod ostendat reuisentibus: rerum natura sacra sua non semel tradit: initiatos nos credimus; in vestibulo eius haeremus: illa arcana*

der Zulassung zu diesen mußten sie einige Zeit keusch leben, fasten, und opfern rr)*, und alsdann geschah die Einweihung selbst in einem grosen und prächtigen Tempel zu Eleusis folgender maßen. Die Einzuweyhenden waren weiß gekleidet, mit Myrthen umkränzt, und wurden zur Nachtzeit in den heiligen Tempel eingelassen* ſſ)*.*

In

na non promiscue neque omnibus patent. Reducta et interiore Sacrario clausa sunt.

rr) *Sacris prius et votis etiam rite factis ac praemissis castitatis exercitio initiari sese dignos efficiebant; aliis nihil profectura initiatio putabatur.* MEVRSIVS in Eleusiniis --- idem ibid. *fiebant autem Epoptae in magnis mysteriis, id est quinto demum anno, nam singulis quinquenniis ea celebrari solita.* —

ſſ) ISAACVS TZETZEZ in Lycophronem οἱ μυόμενοι μυρσίνῃ ἐςέφοντο; *initiandi myrtea coronabantur.* Scholiastes ARISTOPHANIS ad ranas. Νύκτωρ τὰ ἐτελεῖτο τὰ μυςήρια; *Noctu peragebantur Mysteria.* — STRABO *nennt diesen Eleusinischen Tempel* μυςικὸν σηκόν. Εἶτα Ἐλευσὶν πόλις, ἐν ᾗ τὸ τῆς Δημήτρος ἱερὸν τῆς Ἐλευσινίας, καὶ ὁ μυςικὸς σηκὸς ὃν κατεσκεύασεν Ἰκτῖνος, ὄχλον θεάτρου δέχεσθαι δυνάμενον. *Dein Eleusin Vrbs in*

qua

In dem Eingang mußten sie sich reinigen, indem sie sich die Hande in einem heiligen Becken wuschen tt)*, und wurden zugleich vermahnet, daß sie auch mit Reinigkeit des Herzens, weil ohne diese die äussere Reinigkeit des Körpers nichts helfe, hinzutreten, und sich der griechischen Sprache gebrauchen sollten, damit sie der Seele, den Händen und der Sprache nach Griechen seyn möchten* uu)*. Alsdann wurden*

qua Cereis templum Eleusiniae et mysticum Septum, quod extruxit Ictinus, turbam theatri recipere valent —

tt) LYSIAS orat. in Andocidem: εἰσῆλθεν εἰς τὸ Ἐλευσίνιον, ἐχερνίψατο ἐκ τῆς ἱερᾶς χέρνιβος. *Ingressus est Eleusinium, manus lauit ex sacro gutturnio.*

uu) LIBANIUS Declamat. XIX. ἐπεὶ γὰρ μυστηρίων ἐμνημόνευσα, βέλομαί τε τῶν ἐκεῖθεν εἰπεῖν, ἔτι γὰρ ὁ τῶν ἀῤῥήτων, ὃ μέλλω λέγειν. Ἔτι γὰρ τα τ' ἄλλα καθαροῦς εἶναι τοῖς μύσταις ἐν κοινῷ προαγορεύουσιν, οἷον τὰς χεῖρας, τὴν ψυχὴν, τὴν φωνὴν Ἕλληνας εἶναι, *quoniam autem mysteriorum memini, volo quod eorum illinc dicere. Est autem non ineffabilium, quod dicturus sum: Illi enim et alia puros esse initia-*

wurden die Geheimnisse aus den heiligen Büchern, welche man aus einem steinernen Behältnisse, πέτρωμα genannt xx), herausnahm, so laut, daß es die Einzuweihenden wohl vernehmen konnten, verlesen. Hierauf fragte sie der Hierophant, welcher der einweyhende Priester war, und zwar einen jeden einzeln: ob er gegessen habe oder nicht: worauf ein jeder antwor-

tiatos in communi iubent, nempe ut manus, animam, et vocem Graeci sint.

xx) PAVSANIAS in Atticis: παρὰ γὰρ τῆς Ἐλευσινίας τὸ ἱερὸν πεποίηται πέτρωμα καλέμενοι λίθοι δύο ἡρμοσμένοι πρὸς ἀλλήλους, μεγάλοι. ἄγοντες γὰρ παρὰ ἔτος ἥντινα τελετὴν μείζονα ὀνομάζουσι τοὺς λίθους τούτους τινικαῦτα ἀνοίγουσι, λαβόντες γράμματα ἐξ αὐτῶν, ἔχοντα τὰ ἐς τὴν τελετὴν καὶ ἀναγνόντες ἐπήκοον τῶν μυστῶν κατέθεντο ἐν Νυκτὴ αὖθις τῇ αὐτῇ. *Prope vero Eleusinae fanum factum est Petroma, ut vocantur lapides duo coniuncti inuicem magni. Celebrantes autem quotannis festum, quod mysteria magna vocant, hos lapides tunc aperiunt, accipientes litteras ex illis habentes illa, quae ad mysteria pertinent, et quum legerunt ita, ut exaudirent Mystae, deponebant rursus in eadem nocte.*

worten mußte: ἐνηςύνσα, ἔπιον τὸν κυκεῶνα, ἔλαβον ἐκ κίςης, ἐργασάμενος ἀπεθέμην εἰς κάλαθον, καὶ ἐκ καλάθȣ εἰς κίςην, *ieiunaui, bibi Cyceonem, accepi e Cista, operatus, deposui in Calathum, et e calatho in cistam* yy). Wenn dies vorbei war, und sie sich dem Adyto näherten, wurden ihre Sinne durch verschiedene wunderbare

yy) CLEM. ALEX. in Protreptico: ARNOBIVS Lib. V. *drückt sich hierüber also aus: Eleusinorum vestrorum notas et Origines produnt vrbes et antiquarum elogia litterarum; Ipsa denique symbola, quae rogati in sacrorum acceptionibus respondetis: Ieiunaui, atque ebibi Cyceonem, ex cista sumsi, et in Calathum misi, accepi rursus, in cistulam transtuli* —

De cistis sacris voyés THEOCRITI Idyll. 33. ἱερὰ δ' ἐκ κίςας πεπονημένα χερσὶν ἑλοῖσαι. *Sacra vero ex cista elaborata manibus accipientes.* —

Pars obscura cauis celebrabant orgia cistis CATVLLVS de Nuptiis Pelei et Thetidos v. 259. —

Et leuis occultis conscia cista sacris TIBVLLVS Eleg. VII. v. 48. *de Osiride loquens.* —

bare und erstaunungswürdige Ereignisse gerührt: Bald schien der Ort, wo sie sich befanden, sich zu bewegen, bald erschütterten öftere Blitze und Donnerschläge, bald erschreckende Geräusche und Gebrülle die zitternden Mystas: *bald ward alles durch eine furchtbare Finsterniß verdunkelt, bald durch ein strahlenwerfendes Feuer erleuchtet. Erfüllet von Schrecken und Schwindel blieben sie in einer ängstlichen Erwartung der Dinge, die erfolgen würden, und in einer Ungewißheit, was sie thun sollten* zz)*, bis der Frie-*

zz) Dion Chrysostomus Orat. XII. ὥσπερ εἴ τις ἄνδρα Ἕλληνα ἢ βάρβαρον μυεῖσθαι παραδοὺς εἰς μυστικόν τινα οἶκον; ὑπερφυῆ κάλλει καὶ μεγέθει πολλὰ μὲν ὁρῶντα μυστικὰ θεάματα, πολλῶν δὲ ἀκούοντα τοιούτων φωνῶν, σκότους τε καὶ φωτὸς ἐναλλὰξ αὐτῷ φαινομένωντε ἄλλωντε μυρίων γιγνομένων. *Ac si quis Virum Graecum vel barbarum sacris instituendum tradens in mysticam quandam domum, eminentem pulchritudine et magnitudine, multa quidem videntem mystica spectacula, multas autem audientem tales voces, tenebris et luce alternatim ei apparentibus, aliisque innumeris contingen-*

Prieſter das Heiligthum öfnete [a]). *So un-*

tingentibus. — PLETHON in Scholiis ad Oracula magica ZOROASTRIS: εἴωθε τοῖς πολλοῖς τῶν τελουμένων φαίνεσθαι κατὰ τὰς τελετὰς κυνῶτη τινὰ καὶ ἄλλως ἀλλόκοτα τὰς μορφὰς φάσματα. *Conſueuit multis initiatorum apparere per initiationes caninae quaedam et alias monſtroſe aſpectu apparitiones:* Idem τὰ δὲ τελουμένοις φαινόμενα κεραυνοὶ καὶ πῦρ καὶ εἴ τι ἄλλο, σύμβολ' ἄλλως ἐστὶν οὐ θεοῦ τὶς φύσις: *quae initiatis apparent fulmina et ignis et ſi quid aliud, ſymbola alias ſunt non Dei quaedam natura.*

a) THEMISTIVS Orat. in Patrem: ὁ μὲν ἄρτι προσιὼν τοῖς ἀδύτοις φρίκης τε ἀνεπίμπλατο καὶ ἰλίγγου ἀδημονίᾳ τε εἴχετο καὶ ἀπορίᾳ συμπάσῃ οὐδὲ ἴχνους λαβέσθαι οἷός τε ὤν, οὔτε ἀρχῆς ἡστινοσοῦν ἐπιδράξασθαι εἴσω φερούσης· ὁπότε γὰρ ὁ προφήτης ἐκεῖνος ἀναπετάσας τὰ προπύλαια τοῦ νεώ, καὶ τοὺς χιτῶνας περιστείλας τοῦ ἀγάλματος καλλύνας τε αὐτὸ καὶ ἀποσμήξας πανταχόθεν ἐπεδείκνυ τῷ μυουμένῳ μαρμαρύσσον τε ἤδη, καὶ αὐγῇ καταλαμπόμενον θεσπεσίᾳ, ἥ τε ὀμίχλη ἐκείνη, καὶ τὸ νέφος ἀθρόον, ὑπερρήγνυτο· καὶ ἐξεφαίνετο ὁ νοῦς ἐκ τοῦ βάθους φέγγους ἀνάπλεως καὶ ἀγλαΐας ἀντὶ τοῦ πρότερον σκότου. *Ille quidem modo adiens adyta et horrore replebatur et vertigine: etiam angore tenebatur et dubitatione omni neque veſtigium ſumere valens neque principium qualecunque arripere, quod intro ferret: Quum vero Propheta iſte reſerauiſſet veſtibula templi et tunicas circumſeciſſet Statuae illamque ornaſſet atque abſterſiſſet*

So unvollkommen uns auch die Alten in Schriften dasjenige, was die Eingeweyheten alsdenn sahen und empfanden, hinterlassen haben; so wollen wir jedoch wenigstens dasjenige anführen, was sie davon melden: Ein glänzendes Licht, vortrefliche Erscheinungen und Aussichten blendeten alsdenn ihre Au-

sistit ab omni parte, ostendebat initiato coruscantem iam et fulgore splendentem divino nebula qua ista et conferta nubes subrumpebatur, et apparebat mens ex profunditate lumine repleta ac serenitate pro prioribus tenebris. — *Desgl.* in fragmento apud STOBAEUM Serm. CXIX. πρὸ τοῦ τέλους αὐτοῦ δεινὰ πάντα, φρίκη καὶ τρόμος καὶ ἱδρὼς καὶ θάμβος· ἐκ γὰρ τούτου φῶς τι θαυμάσιον ἀπήντησεν, καὶ τόποι καθαροὶ καὶ λειμῶνες ἐδέξαντο φωνὰς καὶ χορείας καὶ σεμνότητας ἀκουσμάτων ἱερῶν καὶ φαντασμάτων ἁγίων ἔχοντες· ἐν αἷς ὁ παντελὴς ἤδη καὶ μεμυημένος καὶ ἐλεύθερος γεγονὼς καὶ ἄφετος περιϊὼν ἐστεφανωμένος ὀργιάζει. *Ante sacram functionem eius gravia omnia, horror et tremor, et sudor et stupor. Ex illo autem lux quaedam miranda occurrit et loca pura et prata excipiebant voces et choreas et majestatem auditionum sanctarum, et apparitionum sacrarum habentia; in quibus ille iam consumatus et initiatus et liber factus et dimissus circumiens coronatus orgia celebrat.*

Augen, und angenehme reizende Töne entzückten ihr Gehör; aller voriger Nebel und Gewölke verschwand, und ihre Seele ward in dem Innersten aufgeklärt und erhellet [b]*: Dieser Auftritt hieß* αὐτοψια [c]*, und alsdenn wurden die nunmehr vollendeten Eingeweyheten* ἐποπται *und mit Zurufung der Worte* Κὸγξ ὂμπαξ *entlassen* [d]*. Der Hierophant, welcher auch* μυσαγωγος *genennt wurde, und nie heirathen durfte* [e]*, hatte drey Gehülfen,*

 von

b) *Man sehe die vorhergehende Anmerkung und* SENECAE Epist. XC. *Haec eius initiamenta sunt, per quae non municipale Sacrum, sed ingens omnium Deorum templum, mundus iste reseratur: cuius vera simulacra, verasque facies cernendas mentibus protulit, nam ad spectacula tam magna hebes visus est.*

c) PSELLVS in Scholiis in Oracula ZOROASTRIS: αὐτοψία ἐστὶν, ὅταν αὐτὸς ὁ τελούμενος τα θεῖα φῶτα ὁρᾷ: *Contemplatio suis oculis autem est, quando ipse, qui initiatur, diuina lumina videt.*

d) HESYCHIVS Κὸγξ ὄμπαξ, *Conx ompax:* ἐπιφώνημα τοῖς τετελεσμένοις, *acclamatio initiatis.*

e) HESYCHIVS ἱεροφάντης, μυσταγωγὸς, ἱερεὺς

von denen der erste Δαδοῦχος *hieß, und heirathen durfte* [f]; *der zweyte war der* Κῆρυξ [g]), *und der dritte,* wel-

ϕαυς ὁ τὰ μυςήρια δεικνύων; *Hierophanta, Mysteriorum Dux. Sacerdos mysteria docens.* DIOGENES LAERTIVS in CHRYSIPPO L. VII. c. 186. ὁ ἱεροφάντης τοῖς ἀμυήτοις τὰ μυςήρια λέγει; *hierophanta non initiatis mysteria legis et exponit.* EVSEBIVS de Praep. Euang. L. III. ἐν γὰρ τοῖς κατ' Ἐλευσῖνα μυςηρίοις ὁ μὲν Ἱεροφάντης εἰς εἰκόνα τοῦ δημιουργοῦ ἐνσκευάζεται. *In mysteriis autem Eleusiniis hierophanta quidem ornatur ad effigiem opificis — Insignis vero veste erat coma et strophio, dein aetas quoque et vox propria — Fungebatur vero hoc munere per totam vitam et matrimonio abstinebat.* MEVRSIVS in Eleusiniis cap. XIII.

f) Δαδοῦχος, *der Fackelträger* EVSTATHIVS ad Iliad. α. διαφέρει ὁ δᾶδας ἔχων ἁπλῶς, καὶ ὁ ἐν τοῖς κατ' Ἐλευσῖνα μυςηρίοις δαδοῦχος. *Differt faces tenens simpliciter, et ille in Eleusiniis mysteriis facitenens.* vid. hiervon ferner MEVRSIVS in Eleusiniis cap. XIV. *vt Hierophanta coma et Strophio insignis erat, ita Daduchus, et munere eo totam vitam fungebatur vt Hierophanta, ast vxorem ducere illi licitum erat, quod Hierophantae interdictum.* —

g) POLLVX L. VIII. cap. IX. Sect. XXII. Κῆρυξ ὁ μὲν τις τῶν μυςικῶν ἀπὸ κήρυκος τοῦ Ἑρμοῦ

welcher beym Altar die Verrichtungen hatte, hieſs daher ὁ ἔπι τῷ βωμῷ. Der Hierophant war das Sinnbild des Schöpfers der Welt, sein erster Gehülfe das der Sonne, der zweyte das des Mondes [h]). *Das schöne Geschlecht konnte in diesen Geheimnissen* —

C' eſt ici que le Manuſcrit finit, ainſi je continuerai ma roûte. Iaſon, et Theſée ſûrent initiés à ces myſteres, et on ne doit point douter, que les autres Heros n'en ayent été auſſi, ſurtout ceux, qu' Horace appelle Candidos. Nous gardons encore de cet habillement blanc

 le

μα καὶ Πανδρόσε τῆς Κέκροπος. *Praeco alius quidem myſticorum ab Ceryce Mercurii filio, et Pandroſi filia Cecropis.*

h) Eusebius de Praepar. Euang. Lib. III. ἐν γὰρ τοῖς κατ' Ἐλευσῖνα μυςηρίοις ὁ μὲν Ἱεροφάντης εἰς εἰκόνα τȣ δημιȣργȣ̃ ἐνσκευάζεται. δᾳδȣ̃χος εἰς τὴν ἡλίȣ, καὶ ὁ μὲν ἐπὶ βωμῷ εἰς τὴν σελήνης: ὁ δε ἱεροκήρυξ ἑρμȣ̃. *In myſteriis autem Eleuſiniis hierophanta quidem ad effigiem opificis adornatur, faciteneus ad illam Solis, et ille qui arae miniſtrat ad Lunae; ſed hieroceryx Mercurii.* —

le tablier, qui vient proprement de la peau de Chevre d'Amalthée, dont Jupiter se doit être servi pour y ecrire les ordres du destin. — Les autres Heros se servoient d'autres peaux, surtout des bêtes, qu'ils avoient tués. — On trouve en Scythie même des initiés, qui se lioient en faisant serment sur l'épée nue, et Anacharsis prouve, qu'il y avoit des grands et virtueux hommes parmi eux. — Le siege des N. N. fût pourtant pour ainsi dire dans son lustre en Grece. Thales et les autres de sept Sages, quoiqu'on y compte plus que douze [i]), aussi bien que Pythagore, Platon, Aristote furent initiés et pas seulement en Grece mais encore le desir d'apprendre les porta d'aller en Egy-

i) *Septem Sapientes Thales, Solon, Periander, Cleobulus, Chilon, Bias, Pittacus: addunt quidam Anacharsin Scytham, Mysonem Chenaeum, Pherecydem Syrum, Epimenidem Cretensem, Pisistratum Tyrannum.* GVIEL. MORELLVS de veterum Philosophorum ordine.

Egypte, en Judée, en Scythie [k]), pour avoir commerce avec leurs freres, et pour parvenir au fond des connoiſ-ſances, et des myſteres. Auſſi ne trouve-t-on pas dans leurs ecrits, que leurs connoiſſances étoient plus bornées, que celles de pluſieurs grands hommes de nôtre tems. Par trop grande precaution ils ſe ſont aſſés menagé dans leurs ecrits, pour que les profanes. y puiſ-ſent comprendre ce que même les premiers initiés ne ſçauront entendre ſans un long étude et ſans avoir fait beaucoup de progrés dans ces myſteres. Platon avoit coûtume de dire, que l' ini-

k) APVLEIVS florid. L. II. *Pythagoram aiunt inter captivos Cambyſis regis doctores habuiſſe Perſarum Magos, et praecipue Zoroaſtrem, omnes divini arcani Antiſtidem.* — DIOGENES LAERTIVS de Vitis Philoſ. *refert de Democrito cum ſtudiorum cauſa in Perſidem ad Chaldaeos atque ad rubrum Mare profectum eſſe.* IOSEPHVS Lib. I. contra APPION; *ſcribit Ariſtoteli quoque Iudaicae religionis myſteria innotuiſſe.* —

l'initiation ſe faiſoit ni par le diſcernement ni par la connoiſſance, mais par un moyen, qui eſt unique et plus fort que toutes connoiſſances, c'eſt-à-dire par le Silence, que la foi inſpire [1]), et encore: qu'il faut apprendre les myſteres par une profonde meditation, et en puiſant ce feu celeſtes dans ſa veritable Source. — Au reſte il ſuivoit les ſentiments de Pythagore, precepteur de Socrate, dont il etoit diſciple, auquel Lucien fait dire dans ſon Dialogue: Les Philoſophes à l'encan: Le nombre quarré et le triangle parfait nôtre ferment — Il tint la ſobrieté et le ſilence neceſſaire, quoi qu'il ne le pouſſa ſi loin que Pythagore — Ses diſciples et ceux de ſa ſecte ſûrent accuſés pour cela par les

1) IAMBLICHVS Sect. 8. cap. 3. Myſt. *ſcribit, Hermetem Aegyptorum neſcio quod* πρῶτον μάγευμα *ſtatuere, et* 'Εικτῶν *appellare, in quo primum, quod intelligit et intelligitur, reperitur,* ὃ δὴ καὶ διὰ σιγῆς μόνης θεραπεύεται, *quodque ſolo ſilentio colitur.*

les profanes de Magie, et furtout Apuleje et Porphyre au Siecle IVeme, mais nous en fcavons déja la raifon. —— Quand les fciences tomberent en Grece, on vit transporter avec l'empire du Monde auffi le Siege de la N. N. à Rome.

C'eft Horace, qui nous en a laiffé tant de preuves qu'Augufte, Mecenas, Virgile, Plotius, Varius, Vifcus, Meffala et fon frere Corvinus, Furnius, Bibulus, Servius, Numicius, Tibullus et plufieurs autres en ont été, qu'on n'en ofe plus douter. Je n'alleguerai ici que *L. I. Od. 1. 3. 13. 28. Lib. II. 9. 14. 17. Lib. III. 3. 18. 19. Lib. Epod. 12. Lib. I. Satyr. 3. Lib. II. Sat. 1. 7. Lib. I. Epod. 1. 15. Lib. II. Epod.* 1. *et 2. — et Carmen feculare — Lib. IV. Od. 5. 15. Lib. I. Sat. 4. Lib. I. Epift. 16.* — Il recommande le fecret extremement, donne des régles comment être en garde contre le Vin, la bile et les profanes voyés *Lib. I. Od. 18. Lib. III. Od. 2. — 21. — Lib. Epod. 2.*

Lib.

Lib. I. Epiſt. 18. il nous montre les devoirs particuliers d'un N. N. d'aimer ſes freres, de les aider, d'être tranquille dans la loge, de n'y dire des obſcenités, de parler bien d'un frere abſent. *Lib. I. Epiſt. 7. Lib. II. Epiſt. 1. Lib. I. Sat. 3. 8. Lib. II. Sat. 6.* — Il parle du travail et des Ceremonies le

Suspendit picta vultum mentemque tabella

le

Pingimus et pſallimus. —

le

iurandasque tuum per nomen ponimus aras.

le

Concurrit dextra leuae.

le

torquit ab obſcoenis etc.

le —— —— *potiore metallis*

Libertate caret —— ——

en font foi: L'endroit eſt remarquable, ou il dit, qu'on ſe moquoit de ce que Mecenas rioit avec lui des babioles

Nugas

Nugas hoc genus, — hora quota eſt?
il n'y ajoute la reponſe — en un autre lieu il nous la donne —

Poſt mediam noctem — et cogit dextram porrigere.

Il parle du SCRUTIN:

Commiſſa tacere qui nequit —
Hic niger eſt, hunc tu, Romane, caveto
Et creta an carbone notandi —

Auſſi parle-t-il de ſon propre ſcrutin, et comme VIRGILIUS et VARIUS ont eté ſes garans, comme on lui a fait les demandes, Mecenas étant Maître en Chaine:

Toga deſtuit et male laxus
in pede calceus haeret,
etc. At eſt Vir bonus etc. —

Il devoit même devenir ſecond Surveillant

poſſit qui ferre ſecundas —

Il eſt à preſumer, qu'à la Compagne il y avoit auſſi une loge, car lui et Mecene avoient tellement conſtruit, leurs mai-

maiſons de Campagne qu'ils y pouvoient reçevoir leurs amis en cachette m).
Il y invite Torquatus, Brutus, Septimius et Sabinus etc. et s'ils veulent amener encore deux pour celebrer la fête de Ceſar: il prendra garde dit-il

Ne fidos inter amicos
Sit, qui dicta foras eliminet —

Il n'y admit auſſi jamais de filles

Non ancilla
intra marmoreum venerandi limen amici ——

Et nous y trouvons l'excellente regle:

Percunctatorem fugito, nam garrulus idem eſt. ——

Il

m) KIRCHERUS de villa Mecenatis in Latio vetere et novo. fol. 157. etc. *intra duas baſce porticus varia Camerarum aularumque habitacula cernuntur; quae tamen non aliunde quam per dictarum porticuum aperturam lumen recipiunt; etſi enim omni diligentia inquiſiuerim, nullam tamen in dictis cameris feneſtram, quae lumen admittat reperire licuit — lumen niſi candelarum lucernarumque ope non habebant.* — De villa HORATII ibid. fol. 165.

Il nomme ordinairement les N. N. VATES: mais au Maître il ajoute, ATTONITVS.

Nous trouvons auſſi, qu'il a toujours la Mort et le tombeau devant ſoi, mais c'eſt pour s'exciter à jouir du tems préſent. L'amitié entre lui et Mecene étoit ſi grande, que comme il lui promit

Non ego perfidum dixi ſacramentum ——

c'eſt-à-dire ſoi de N. N. il mourut auſſi 8. jours après Mecene, et fûrent leurs tombeaux l'un aupres de l'autre — Virgile leur ami commun, et qui ordinairement étoit aſſis de l'autre Côté d'Auguſte, de quoi il diſoit

inter lacrimas et ſuſpiria ſedeo n) étoit

n) *Ita charus gratusque Horatius Auguſto fuit et Tybur profectus praeter Virgilii et Horatii conuerſationem omnem aliam reſpueret, inter vtrumque nempe ſedens, literario gaudebat conſortio; Siquidem Horatius breuis quidem ſtatura et craſſioris mole corporis ex nimio vini potu oculos contraxerat fere ſemper humorem ſtillantes: at Virgilius contra corpore macilento, ſuſpi-*

étoit un peu plus retenu à se servir des ter-

suspiriis alto ex pectore emissis nescio in quae tristia obiecta ferebatur; unde Augustus per iocum dicere solebat, vitam suam inter lachrimas et suspiria se transigere. ATHAN. KIRCHERVS in vetere et nouo Latio. fol. 166. —

o) Voyés *the Journey from this World to the next*, by HENRY FIELDING C.VIII. — Voila ce qu'ARTHVR MVRPHY en dit: *The Journey from this world tho the next*, it should seem, provoked the dull, short sighted, and malignant enemies of our Author to charge him with an intention to subvert the settled notions of Mankind in philosophy and religion: for he assure us in form, that he did not intend in this allegorical piece „to oppose any prevailing system, or to „erect a new one of his own; with greater „justice" he adds. „That he might be „araigned of ignorance, for having, in the „relation which he has put into the mouth „of Julian, whom they call the apostate, „done many violences to history, and mixed truth and falsehood with much freedom. But he professed fiction, and though „he chose some facts out of history, to „embelish his Work, and fix a Chronology „to it, he has not, howewer, confined „himself to nice exactness, having often „ante-dated, and sometimes post-dated the „matter, which he found in the Spanish „history and transplanted into his Work" The'

termes de N. N. Il donne pourtant un certain tour à la description des mysteres des initiés, et sourtout à celle de la lustration des recipientaires par les quatre Elements in AENEIDE. *L. VI.*

aliae panduntur inanes
suspensae ad ventos, aliis sub gurgite vasto
Infectum eluitur scelus, aut exuritur igni o).

 qu'ou-

The reader will find a great deal of true humour in many passages of this production; and the surprize with which he has made Mr. Addison hear of the *Eleusinian Mysteries*, in the sixth Aeneid, is a well turned compliment to the learned author, who has with so much elegance and ability traced out the analogy between Virgil's System and those memorable rites — ARTHUR MURPHY'S *Essay on the Life and Genius of* HENRY FIELDING *Esquire*; *fol.* 51. —

Triplex vero animae erat expurgatio in gentilium Sacris, aëre una, altera aqua, tertia igni. Ventilabrum siue Vannus Liberi ad aëra pertinet, vti et oscilla: audiamus testem Honoratum in VI. Aeneid. In omnibus Sacris tres sunt istae purgationes. Nam aut taeda purgantur aut

qu'outre ſes autres façons de parler e.g.

Compellare virum et dextram con-
iungere dextrae:

et par ſa tendreſſe pour la veritable amitié on pourroit juger qu'il en eût été, ſi même Horace n'en eût parlé. On les diſtingue ainſi ſur les medailles et pierres gravées par un rameau, qui y eſt exprimé. On ne verra jamais Horace et Apuleje ſans ce rameau.

Apol-

aut ſulphure, aut aqua abluuntur, aut aëre ventilantur: quod erit in Sacris Liberi: Hoc enim eſt, quod dicit

Tibique
Oſcilla ex alta ſuſpendunt mollia quercu etc.

Fit etiam terra purgatio, ſed haec comprehenditur ſub ea, quae fit igni, ſiue illa, quae igni fit, continentur ſub illa, quae fit terra, quia ignis eſt terra. SERVIUS in Aeneid. VII. *In terra animae purgantur quae nimis oppreſſae ſordibus fuerint ſcilicet corporalibus blandimentis, i. e. tranſeunt in corpora terrena: et haec igni dicuntur purgari: ignis enim ex terra eſt, quo exuruntur omnia; nam coeleſtis nihil perurit,* VOSSIUS de Idolotr. L. II. Cap. XIV. et LXV.

Comparés y le *per omnia elementa vectus* d'APULEIE.

Apollonius de Thyane a une feuille et Archytas un ſigne de Mathematique; Virgile a ſur quelques unes de ces Medailles un rameau, comme au Threſor de la Reine Chriſtine, mais chés Fulvius Urſinus et d'autres il n'a que la tête d'un Heros devant ſoi. Auguſte ſe ſervoit pour cela du Sphinx dans ſon cachet, ſe fit nommer Apollon, fit mettre ſa ſtatue ſout l'habit d'Apollon à la Bibliotheque, et alla habillé comme Apollon à l'Academie, dont il êtoit le Chef et dont il y avoit pluſieurs compoſées de 7 perſonnes, mais la grande êtoit de 21. — —

Il fit le même perſonnage aux feſtins des Dieux, comme on les nommoit, où il admit après des femmes, pour depaïſer le peuple, et en fit des parties de plaiſir — Après ſa Mort on n'eſtima pas tant cette Societé, temoin les perſecutions de Julius Lamius Seneca Parca, Sorannus et Paetus Traſea —— C'eſt pourquoi ils tinrent leurs loges dans des Souterrains, des quels les Chretiens depuis se sont très-bien servi. A la fin Domitien chassa Epictete et Musonius et tous les philosophes de Rome d'ou ils se repandirent dans les Provinces, et on dit que Tyridate a porté la N. N. en Armenie —

Parmi les Chretiens on trouve Boëthius, et son beau-bere Symmachus, nommé le Venerable et Ausonius. — Il y a ici une grande interruption dans la Suite des N. N. — mais aussi il ne leur étoit pas permis de garder leurs Annales par ecrit. On pourroit attribuer leur restitution aux Templiers — Leur institute s'accommodoit aux moeurs de ce tems — C'étoit la Sobrieté, la pauvreté, la chasteté, l'amitié jusqu'à la mort, le secours mutuel et la defense de la religion contre les insideles: On oublioit alors à cultiver l'esprit et la raison, comme on oublioit après la plûpart de ces preceptes.

Au

Au Siecle 12eme Neuf Chevaliers s'assemblerent et restituerent cet Ordre prenant l'habit blanc, auquel le Pape ajouta la croix rouge, et ce placcerent au lieu, ou avoit été le Temple de Salomon et surtout entre les deux Colonnes — Tous pauvres qu'ils étoient au Commencement, ils fûrent bien-tôt fort enrichis, surtout en Angletere et en Ecosse. — Car Hugues, l'un de neuf instituteurs de l'ordre etant venu trouver Henri Roi d'Angleterre en Normandie en eût un accueil très gracieux, et ce Roi après lui avoir fait des présents magnifiques, l'envoya en Angleterre et en Ecosse, ou Hugues fût très-bien reçu; voyons ce que le *Chronicon Saxonicum a* GIBSONE OXONII *1692. editum*, nous en dit (fol. 233.): „*Eodem anno (MCXXVIII.) venit ab* „*Hierosolymis Hugo de templo ad Regem (Angliae Henricum) in Normanniam, atque Rex cum suscepit cum* „*magno honore, amplaque munera ei*

 „*dedit*

„*dedit auri et argenti; Poſtea idem* „*miſit eum in Angliam, vbi ſuit rece*-„*ptus ab* OMNIBVS BONIS p),

„*omnes*-

p) En Ecoſſe apparemment les Keldeens de St. André en êtoient, dont quelques uns derivent le nom du Mot Kelde, qui ſignifie un bâtiment, diviſé en cellules, d'autres de Kilrule, ou Kilrimont, qui ſignifie St. André, et encore d'autres du mot irlandois Ceilede, qui ſignifie des hommes ſolitaires devoués au Service divin. Le ſçavant JAQVES USSERIVS, Archevêque d'Armachant et Primat d'Irlande nous informe ſur le ſujet de ces hommes auſſi venerables par leur ancienneté, que par leur pieté et par une grande conſideration, qu'ils meritoient tout-à fait: Derivants leur Origine du tems des Apôtres ils apporterent le Chriſtianiſme dans toute ſa pureté en Ecoſſe, d'ou ils s'établirent en quelques petites isles adjacentes et en Irlande. Voyons ce qu'USSERIVS nous en dit (p. 33.): „*Quae* „*apud ſuos* (*Scotos*) *religionis ſpecies tunc* (*an*-„*no* CCLXXVI.) *extiterit*, (BOETHIVS Scot. Hiſt. L. 7. hunc in modum explicat.) „*Corpere noſtri eo temporis Chriſti dogma ac*-„*curatiſſime amplexari, monachorum quorun*-„*dam ductu, et adhortatione, qui quod ſedu*-„*lo praedicationi vacarent, eſſentque frequen*-„*tes in Oratione ab incolis Cultores Dei ſunt* „*appellati. Innaluit id nomen apud Vulgus in tantum, ut ſacerdotes omnes ad noſtra pe*-

„*ne*

„omnesque in illum dona contulerunt,

„(quod

„ne tempora vulgo Culdei i. e. cultores Dei „sine discrimine vocitarentur. Pontificem in„ter se communi suffragio deligebant, penes „quem diuinarum rerum esset potestas; is mul„tos deinceps annos Scotorum Episcopus, vti „nostris traditur annalibus, est appellatus etc. — *Hos* DEMPSTERVS; in Hist. Ecclesiast. Scot. L. I. No. 45., *a scriptoribus Ecclesiasticis* θεραπευτὰς, *a* DIOGENE LAERTIO σεμνοθέυς *vocatos existimat, de eorum Monachatu sententiam suam ita adiiciens: „Cum eo tempore nulli adhuc in Occi„dente Monachi legantur, nec vero esse po„tuerint, monastica regula diu postea tantum „formata, sequitur, vt Canonici regulares „omnes ii fuerint; qui ab Apostolicis orti tem„poribus, magna sanctitatis et litteraturae fa„ma, maiore in Ecclesia merito et auctoritate „a basilica sua Romae, Lateranenses, demum „a St. Augustino reformatore appellati inter „Ecclesiasticos Scotiae Ordines mire splendue„runt:* — Sed et extra Scotium horum nomen auditum esse docet GERALDVS CAMBRENSIS in itinerat. Cambriae L. 2. c. 6. suo tempore *Enbly sine Berdseyam insulam a monachis inhabitatam religiosissimis, quas Coelibes, vel Colideos vocant: et apud Momonienses in Inchne meo, insula viuentium quae vocatur paucos Coelibus, quos Coelicolas vel Colideos vocant, capellae devote deservisse* referens — *In maioribus certe Vltoniensium Ecclesiis, (vt in Metropolitica Armachana et*

in

„(*quod et factum in Scotia*) *ac per*

„*cum*

in Ecclesia de Cluan-ynish Chlochorensis Dioeceseos, ad nostram vsque memoriam, presbyteros, qui choro inseruientes diuina celebrabant officia Colideos eorumque Praesidem Priorem Colideorum appellatum esse nouimus. Indeque a Johanne Meyo Archiepiscopo Armachano ex probatissimorum testium testimonio, et quod magis est (REGESTI verba sunt) *sanctorum patrum antiquis Chronicis et praedecessorum libris annalibus scrutatis et perlectis anno MCCCCXLV. sententiam latam inuenimus, quod Prioris seu cuiusque Colideatus officium curatum nullatenus sentiatur, teneatur, vel alias reputetur: quin quilibet beneficium curatum simul et semel cum Prioratus ac Colideatus officio possit et valeat libite et licite retinere; dummodo in Ecclesia Armachana debitam fecerit residentiam etc. — et quod Priori Colideorum locus primus in mensa et in exequendis et regendis diuinis officiis, vt in loco Praecentoris, a Colideis caeteris reuerentia congrua debeatur.* — Et a Nicolao V. Romano Pontifice aliam: *quod prioratus Collegii secularium presbyterorum Colideorum vulgariter nuncupatorum Armachanensium simplex officium et sine cura existat*, vt in Rescripto ipsius videre est, dato Romae apud St. Petrum anno MCCCCXLVII. Pontificatus anno I. — *De veteribus autem Scotiae Culdeis notauit ista* BVCHANANVS Rer. Scot. Lib. 4. *in rege* XXXV. *Scoti liberati curis externis nihil prius habuerunt, quam vt religionem christianam promouerent:*

occa-

„*eum etiam miserunt Hierosolymas*

„*ma-*

occasione illinc orta, quod multi ex Brittonibus Christiani saevitiam Diocletiani timentes, ad eos confugerant: e quibus complures doctrina et vitae integritate clari in Scotia substiterunt, vitamque solitariam tanta Sanctitatis opinione apud omnes vixerunt, vt vita functorum Cellae in templo commutaretur, ex eoque consuetudo mansit apud posteros, vt prisci Scoti templa cellas vocent. Hoc genus Monachorum Culdeos appellabant: mansitque nomen et institutum, donec Monachorum genus recentius in plures diuisum sectas eos expulit; tanto doctrina et pietate illis inferius, quanto diuitiis et caeremoniis, caeteroque cultu externo, quibus oculos capiunt et animos infatuant, sunt superiores etc. —— —— Crathlin hum, Scotorum Regem Dei Cultores (siue Culdeos) ob Diocletiani et Constantii tyrannidem ex Britannia profugos comiter et benigne accepisse narrat IOHANNES LESLAEVS de rebus gestis Scot. Lib. III. in rege XXXIV. etc. —— USSERIVS continue fol. 346. en parlant de la Ville de St. André ainsi: „*Fuisse hic (Andreopoli) primum Sacerdotes Dei Cultores vulgo appellatos subiungit* HECTOR BOETHIVS Scot. Hist. L. 6. *de quibus intelligendi Scotorum Chronographi, quum Constantium III. Ethi filium anno DCCCCXLIII. regno dimissò in habitu religionis Deo seruiisse scribunt, Keldeorum vel Killideorum Sancti Andreae Abbatem factum —— Quo referendus et locus ille Dunelmensis Chronici: Anno*

ab

„magnam vim auri et argenti. Hic
„inuitauit homines Hierosolymas, at-
„que cum eo et post illum iuit tantus
„hominum numerus, quantus ad hoc
„tempus nunquam a prima illa expe-
„di-

ab incarnatione Domini MCVIII. tempore regis Malcolmi et sanctae Margarethae electus fuit Turgotus Prior Dunelmensis in Episcopum Sancti Andreae, consecratusque est Eboracci III. Kalend. Augusti, et sedit per annos septem. In diebus illis totum Ius Keledeorum per totum Regnum Scotiae transiuit in Episcopatum Sancti Andreae: Meminit etiam circa annum MCCLXXII. Keldeorum Sancti Andreae Heinricus Silegrauius in domnum religiosarum Britanniae Catálogo: anno vero MCCXCVII. cum in locum Guilielmi Feasar defuncti a Canonicis III Nonas Nouembris Episcopus Andreopolitanus electus fuisset Guilielmus Lambertonus et electioni reclamarent Keldei, eorum Praepositus Auminus Romam appellans, eo se contulit, sed incassum; nam non modo electus approbatus a Pontifice, sed omne ius deinceps Keldeis abrogatum, quemadmodum ex Scoti-Chronici Libro VI. retulit Thomas Dempsterus, ac deinde Keldeorum siue Colideorum horum locum Augustiniani instituti Canonici regulares apud Andreapolitanos obtinuerunt, quorum Priori is honor est delatus, vt praecederet quoscunque Abbates aliorum Ordinum in toto regno Scotiae —— etc.

„*ditione in diebus Urbani Papae* —— —— Les Templiers ſe conſerverent presque deux ſiecles; enfin ils firent par leur richeſſes de l'ombrage aux Rois et ſourtout au Roi de France, Philippe le Bel, au quel ils refuſerent d'aſſiſter contre ſes ennemis, pour quoi il les fit excommunier par le Pape Clement Veme. Ils fûrent exterminés ſous pretente.

1) qu'ils mettoient à leur reception le pied ſur la croix, et le triangle
2) qu'ils adoroient une figure à trois têtes entourée des Cercles et des tetes de Mort.
3) Qu'ils ſe moquoient des Ceremonies de l'Egliſe.
4) Qu'ils s'entrebaiſoient à la reception inceſtueuſement, et s'enfermoient hommes avec hommes et
5) Qu'ils ne reveloient leurs ſecrets à perſonne ſous peine de Vie.

Quoi-

Quoique l'on ne leur ſçût rien prouver, quoique pluſieurs ne confeſſoient rien ſous les tourmens les plus rigoureux, quoique leur Grand Maître JAQUES DE MOLAY fût un homme d'une vie irreprochable et leurs Accuſateurs deux de plus mechans Garnemens on les brula pourtant, et leur ôta leurs biens, qui fûrent donnés aux Hoſpitaliers, qui ne menoient pas une meilleure vie: BOCCACE dans ſon traité *de Caſibus virorum illuſtrium* Lib. 9. nous a laiſſé un panegyrique des Templiers avec une exacte deſcription de leur perſecution, de leur innocence, de leurs ſupplices, et de la fermeté, avec la quelle ils les ſouffrirent: il allegue le temoignage de ſon pere, qui negotiant alors à Paris en fût un temoin oculaire: J'insererai ce rare morceau d'Hiſtoire: *Aſpexerunt veteres poſt ſubactum a Gothofredo clariſſimo Lotharingiae Duce Hieroſolymum regnum quosdam pios homines et militari diſci-*

disciplina conspicuos, eo, quod peregrinos veneranda loca deuotione visitantes Turcorum incursionibus et latrociniis infestari viderent, Deo suam militiam deuouisse, et apud Hierosolymam commorantes peregrinantibus vltro sua subsidia impendebant: His primo numerus paruus et Magister vnus, et voluntaria paupertas et habitatio in porticibus templi fuit, ex qua etiam sortiti cognomen; successu temporis cum plurimi pio operi adhaeserunt, ab Honorio Pontifice Summo pallium album pro habitu et vitae regula concessa est, cui pallio post modum ab Eugenio Successore crux rubra superaddita, cui militarent, clarius argumentum praebuit. Sane dum penes eos paupertas, nouerca libidinum, viguit, militia, votum, et viuendi exhibita norma optime obseruata facti sunt sanctitate florentes: Attamen dum pio labori vndique Christianorum opes affluentem opem afferunt, sensim mili-

tarium mentes subintrare deliciae, atque libidines coepere; et vti a principio relictis perituris diuitiis homines sacrum subibant onus, sic in processu quasi apertos thes. uros ceperunt imperatores in opibus evolare, inde Castris, vrbibus et populis imperare, sibi quietem, seruis bella committere, et militiae ingratum oneris olim officium in honorem potissimum sublimare: Nec dubium, quantum augebatur potentia, tantum imminuebatur Sanctitas: quibus sic in decliuum a virtute labentibus Jacobus, Burgundus origine et ex gente Molay genitus, ingentis animi iuuenis, cum lege Gallica filio natu maiori cessissent omnes propriae dignitates, pauper effectus, excussurus iam imperantis fratris iugum, ad praeparatum refugium, scilicet templariorum militiam sese contulit, in qua Praefectus Prioratui ditissimo perseuerans, moriente Magistro interuentu Principum ab his, quorum iuris est,

in

in Magisterium sublimatus emicuit, equidem non paruum humani splendoris insigne. Tam fulgido igitur in fastigio ausit fortuna plurium ruina huius saturare liuores; actumque est, vt Philippi Francorum regis, cuius filium ex sacro fonte susceperat, indignationem incurreret, et ob auaritiam arbitratum eundem Philippum non solum in Iacobum, verum in omnem illum militarem ordinem conspirasse; quare eo ventum est, vt permittente Clemente Quinto Summo Pontifice Templariorum primates omnes una et eadem die Philippi iussu per omne eius regnum capti detinerentur vna cum Iacobo ordinis tam ingentis Magistro, et inde praesidiis regiis occupata Templariorum oppida, thesauri, ornatus omnes in potestatem regiam redacti, captiuique demum deducti Parisiis, quibus diu seruatis in vinculis, cum varia et obscena obiecta essent, et frustra cuncta negantibus pro salute sua ſuaſiones oppoſitae, aſſerentibus, ſi iuſti iudicis daretur copia, ſe in contrarium probaturos. Rex irritatus exarſit, iuſſitque, quod blandiciis extorqueri non poterat, expeteretur tormentis, quibus ingeſtis incaſſum, magiſtro cum tribus ſociis ſeruato, caeteri ſi in propoſito perſeuerarent, damnati incendio coram deducti ſunt. — Erat omnibus vti ſanguinis claritas, ſic et aetas florida, et robur animi inconcuſſum: Verum cum poſt longam ſed friuolam examinationem iuſſu regis ſinguli eſſent palis ſingulis alligati et circum lignorum ſtrues appoſita, et ante oculos ſtaret ignis, et carnifex, et voce praeconica confitenti praemiſſa Salus atque libertas, nemini ex omnibus ab amicis et neceſſariis flentibus orantibusque perſuaderi potuit, vt irato cederet regi, et confeſſione ſua ſuae parceret vitae potius quam obſtinate in ſuam iret perniciem: Sed cum vnanimes ſaepe dicta firmarent, coeperunt tortores

vni

vni et reliquis subsequenter primo vngulae pedis admouere ignem, et inde paulatim ascendendo per omne corpus deducere, ab quod quanto cruciatu affligerentur, voces, imo mugitus in coelum ostendebant astantibus facile; in quibus se viros Christianos aiebant et sanctissimam eorum esse, et fuisse religionem, et sic omne corpus exuri, atque consumi ad exhalationem spiritus permisere; nec vnus a tam constanti proposito cruciatu superari non potuit; dicerem eos tam perseueranti fortitudine auari regis vicisse perfidiam, ni eo moriendo tendissent, quo eius appetitus inexplebilis cupiebat: esto; non minor ob hoc eorum gloria fuerit, si recte praeeligentes iudicio inter tormenta potius defecisse, quam aduersus veritatem dixisse maluere, aut iusto quaesitam famam turpissimi sceleris confessione maculasse. — Haec igitur in deiectum Iacobum prima fuere fortunae iacula, qui cum taedio diuturni

 car-

carceris esset attritus Lugdunum deductus, et exhortationibus variis suasus quaedam ex oppositis Clementi Summo Pontifici confessus est, quam ob rem retractus Parisiis, dum coram duobus Legatis ex Latere et Rege Sententia legeretur (per quam et sui liberatio et Ordinis sui damnatio apparebat) ipse cum vno ex Sociis, qui Delphini Viennensis frater erat, petiit alta voce silentium; quo concesso, audiente multitudine circumfusa, se voce integra sancte mori dignos testati sunt, non eo quidem, quod ea, quae legebantur, aliquando commisissent, verum quando suasionibus Summi Pontificis regisque se ducere, et in nefandam periturae gloriae cupiditatem trahere adeo permisissent, vt primo tam celebrem Ordinem, tam sacra religione conspicuum, tam longe patrum obseruatione probatum turpi maculassent mendacio, ac deinde tot insignos viros, tot fortes commilitones, tot socios, tot fratres ante se pro veri-

tate

tate consumptos decepissent damnanda suggestione decepti. Hic acris in deletionem Templariorum secuta sententia, et Iacobus cum fratre Delphini, reliquis duobus in detestabilem vitam relictis, ad supplicium illatum caeteris deductus est, quod ambo spectante Rege intrepide et constanter subiere, nil aliud quosquam illis ingentes spiritus suffecere, quam qui dudum occubuere testantes, et sic qui pridie suo fulgore regis tam maximi inuidiam irritare potuit, vt dicebat Boccatius, genitor meus, qui tunc forte Parisiis negotiator honesto cum labore rem curabat augere domesticam, et se his testabatur interfuisse rebus, ritu fortunae atrocissimo factus ciuis in compassionem sui miseros etiam prouocauit ——

Auctor patientiam commodat et suadet.

Theodorum extollit antiquitas et admiratur Graecia Anaxarcum, sic et

 suum

Scaeuolam miris laudibus celebrem Roma facit, eo quod constanti pectore hic Ieronymi candentes laminas extinxerit humore corporeo: Ille in Concreontis Cyprii fatigatis tortoribus excisa dentibus lingua ora foedauit, et alius quum ob errorem non occisi Porsennae flammis manum exurendam tradiderit, grandia quippe et admiratione dignissima sunt, et discolis etiam vix credenda? Sed adsint, qui hos sacra quadam facundia posteritati etiam relinquere celebres et hinc suos, nimirum palis alligatum agmen, inspiciant, et videant, quam illorum ridiculus vetus stupor sit, si nostrorum nouissimo comparetur; prisci quippe nec vno sub iudice, nec eodem seculo, et distanti inter se terrarum tractu ex philosophiae seu fragilitatis laribus doctrina laboribusque durati in supplicium venere tracti: Moderni secus; nam his dies, locus, et carnifex idem et ex quadam, vt ita loquar, mollitiei atque deli-

deliciarum officina tormenta et carceres ſubiere, et inde, defatigatis aculeis et cruciatoribus ſuperatis gregatim extremum ignis tulere incendium.

Inter hoſtes illi aduerſum ſe in gratiam tyrannorum ferociter clamitantes, inter amicos et conſanguineos iſti, audientes hinc praeconem vociferantem, et ſalutem confitentibus pollicentem, et inde lacrimis atque precibus, ne per ſeuerantia in ſuam ruant perniciem, ſuaderi et tandem concremati membratim, quod nullis ante ſeculis auditum eſt, et potiſſime quemque pertuliſſe volentem — —

Quid inquient de patientia veterum ſuppliciorum mirabundi, ſi noſtrorum inſpexerint. Nil habent equidem, quod mirentur, quin imo vnde in noſtris ſtupeant verum et arbitrentur mirabile — Poteſt profecto vnus in ſuo et cum propoſito inuictus et obſtinate perſiſtere, ſed cernere numero quinquaginta ſex homines, non eodem *ſub coelo genitos, non iisdem moribus educatos, non eruditos doctrinis, non praecuiſos, et ex compoſito fractos, non vno recluſos carcere, nec in aliquo niſi in profeſſione conformes adeo in conſtantiam conueniſſe, vt non cruciatus aut imminentis mortis terrore diſcrepantem caeteris vnum fore in tam grande monſtrum excedit, vt auferatur facile fides verbis, nec dubium, ſola illos veritas fecit vnanimes. — O inclyta Virtus et caeterarum inconcuſſa baſis! tu regnorum iacturas indefeſſo robore calcas, indignationum procelloſos impetus ſacra immobilitate repellis, parentum lacrimas in natorum funere comprimis, paupertatis onera duratis incaſſum humeris perfers: nil tibi laborioſum, nil importabile, nil penitus durum, aut difficile eſt; quin imo tantae es efficaciae, vt inter vermes Iob, Stephanum inter ſaxa, et inter carbones igneos Laurentium, vt de caeteris taceam, non ſolum fortes, ſed ſumme*

regi

regi acceptos inclita reddere potueris. Ite igitur in hanc mortales et eam regibus seruisque aeque liberalem totis amplectite viribus, eiusque ope quascunque superate fortunas, et ad eius instar pedes infigite, ne more frondium ventorum flatibus agitati et tandem in risum intuentium per inane deuecti in cloacas quiescente spiritu decidatis: Discite suis monitis virile robur assumere, et leuitatem dedignari foemineam, vt, si casus offerat, a fortissimo Templariorum agmine non diuertat vestrarum mentium grauitas.

Queruli plures.

Ignes feruidos flammasque in coelum furentes et fumantia Templariorum corpora ac Lugduni ossa perusta suspersosque ventis cineres non absque cordis compunctione contemplabar, quot heroas, quot insignes Duces, quot aut euersos aut lacessitos Principes vidi. Erat inter alios ab apice deiectus inter opaca

opaca nemorum Philippus Francorum Rex tam exitium suum, quam damna atque dedecora a Flandrensibus suscepta deplorans et secum tres pariter filii, execrantes inmaturas mortes, et vxorem adulteram, incedebant. Sic enim Carolus Tarentini Principis filius non se eo in bello principatum atque confossum, in quo praestans florentinis obsequium pugnauerat, querebatur, sed quod perpetuum dedecus incliti francorum regum sanguinis Pisanus vnus suo cadaueri insidens, imo pedibus illud calcans militia insignitus; sic aegre ferebat et Petrus Caroli claudi regis filius, quod hostium gladios effugisset, inter quos egregie mori poterat, vt ignominiose paludibus mergeretur ingemiscebat. — Sed quid talibus insto, cum nec numero dolentium finis. — —

Boccace finit enfin son traité *de Casibus virorum illustrium* ainsi: *Deum summa veneratione colite, et integro corde*

corde diligite, sequimini sapientiam, et virtutes apprehendite; honorate dignos, amicos summa cum fide seruate; prudentium consilium sumite, et benignos vos minoribus exhibite; humanitate atque iustitia, dum dantur honores, laudes, gloriam famamque perquirite, vt dignos adepta sublimitate monstretis, et si contingat deiici, non vestro crimine factum appareat, sed proteruia fortunae cuncta vertentis. —— q) Ajoutons-y ce qu'un Scavant Espagnol en raconte, qui raisonne avec beaucoup d'impartialité sur ce sujet r). En l'an de nostre Seigneur mil

q) Tout cela j'ai copié d'après une Edition fort ancienne, sans lieu et date, et extremement rare, indiquée dans le *Dictionnaire critique et raisonné de Mr.* CLEMENT; et j'ai crû devoir la copier au pied de la lettre, quoique Boccace en quelques lieux n'y soit intelligible.

r) *Les diverses Leçons de* PIERRE MESSIE *Gentilhomme de Seville, mises de Castillan en François par* CL. GRUGET, *Parisien etc. à Lyon pour* THOMAS SOUBRON *MDXCII. Seconde partie, Chap. IV.*

mil nonante ſix, aucuns princes chrestiens de diverſes nations firent une congregation par le conſeil d'un hermite nommé Pierre, homme honneſte, et de ſainte vie, ou fut determiné d'aller en la conqueſte de la terre ſainte, qui eſtoit entre les mains des infideles, il y avoit 490.: entre ceux, qui y furent, eſtoit Godefroy de Bouillon, Duc de Lorraine, le plus apparent de tous, et celui, qui mieux s'y porta. Or pleut à Dieu, qu'après pluſieurs batailles, qui durerent par l'eſpace de trois ans la Cité de Hieruſalem, et pluſieurs autres de la Syrie et Judée fuſſent conquiſes, avec pluſieurs provinces voiſines: puis ayans tous ces Princes Chreſtiens egard à la vertu et grands merites de Godefroy, l'esleurent Roy de Hieruſalem: auſſi fut Arnulphe, Archevesque de Piſe, creé Patriarche par le Pape Calixte ſecond. Demeurant donc Godefroy de Bouillon Roy de Hieruſalem, demeurerent auſſi en ſa compagnie plu-

ſieurs

ſieurs grands perſonnages Chreſtiens, qui faiſoyent continuellement cruelle guerre ſur les infideles, tant és environs de Hieruſalem, qu'autres contrées circonvoiſines. Ce qu'entendu par les fidels Chreſtiens des parties Occidentales et en quel eſtat eſtoyent les afaires d'outre mer, il y alloit continuellement grand nombre de gens, les uns pour les ſecourir avec grand Zele de ſervir Dieu, et regagner les terres uſurpées, les autres en voyage à viſiter le ſaint Sepulchre. Or un an après ſon couronnement Godefroy de Bouillon mourut et fut Roy en ſon lieu ſon frere Baudouin, homme egal aux merites du defunct, pendant le regne du quel entre les autres, qui paſſerent par de là, furent neuf gentilshommes, fort grands compagnons et amis; desquels il ne ſe treuve que deux nommez qui peuſt-eſtre eſtoyent les principaux, l'un Hugues de Paganis, l'autre Godefroy de Sainct Adelman, lesquels

quels arrivez en Hierusalem, et ayans bien contemplé le païs, et tous les lieux voisins ils trouverent, qu'au port de Japhe et autres endroits de leur voyage il y avoit plusieurs guetteurs de chemins, qui chacun jour touyent et voloyent les passans: au moyen de quoi apres meure deliberation conclurent avec l'aide de plusieurs autres (car il est à presumer, que ils s'allierent avec autres gens de leur vouloir) firent voeu (pour faire agreable service à Dieu) d'employer toute leur vie à rendre le chemin seur et facile, ou mourir en ceste entreprinse, pendant que les autres Chrestiens estoyent empeschez en autres lieux à combattre les infideles. Et (perseverans en ce sainct exercice) ils prindrent pour leur retraite en lieu assigné une eglise nommée le saint temple par la permission de l'Abbé du lieu, et pour ceste cause furent appellez Templiers, comme tousjours ils ont esté depuis — Ce que voyant

le

le Roi et le Patriarche de Hierusalem, et telle chose estre saincte et loüable, ils leur administrerent toutes choses necessaires, et en ceste sorte vesquirent dedans ce temple religieusement, et en grande chasteté, et qui plus est multiplioyent, et s'augmentoyent de jour en jour. Toutes fois encore qu'ils fussent en grand nombre si n'avoyent ils habits ne reigle designee, ains vivoyent ainsi en commun, observans leur voeu par l'espace de neuf ans: pendant lequel tems pour le grand service, qu'ils faisoyent à la chrestienté, leur credit, et bonne renommée s'avançoit grandement avec le moyen de leur bon exemple. Ils creurent semblablement en grand nombre, qui fut cause, que le Pape Honoré second à la priere et conseil d'Estienne Patriarche de Hierusalem leur fit depuis une reigle, et ordre de vivre, et ordonna qu'ils seroyent vestus de blanc ——
Depuis le Pape Eugene troisieme leur

 ajou-

ajousta une croix rouge en l' estomach; ce qu'ils promirent par voeu solennel d'observer, comme font les autres Religieux, et leur fust distribuée et baillée par la main de St. Bernard, tres sainct Docteur, qu'ils esleurent incontinent pour chef et Maistre de leur Ordre, ainsi que font les autres religieux Chevaliers. En bref tems apres ils creurent en si grand nombre, et firent de si hauts faits d'armes, que non seulement ils gardoient les chemins du saint voyage contre les larrons, et brigans, mais aussi par mer et par terre ils faisoyent de grandes incursions et fortes guerres sur les infideles: dont la bonne renommée en fut si bien esparse par toute la Chrestienté, que les Rois et Princes de plusieurs parts leur ordonnerent de grandes rentes, qu'ils employoyent en ces guerres comme vrais Chevaliers de Iesus Christ; et par succession de temps accreurent tellement d'heure à autre en puissance et richesse, que par

toutes

toutes contrées et provinces ils avoyent de grandes Villes et lieux forts avec force fujets principalement en la terre fainte, ou refidoit ordinairement le Grand-Maiftre de l'ordre avec la plus-grande part d'eux, tenant continuellement armée tant là qu'aux autres lieux, ou il leur fembloit le plus neceffaire. Depuis avint par les pechez des hommes, par le difcord meu entre les Chreftiens, et par la negligence des Princes, que la Ville de Hierufalem et autres lieux ainfi aquis furent reconquis par les infideles nonante ans apres la conquefte de Godefroi de Bouillon. Ce neantmoins ceft Ordre de Chevaliers Templiers ne delaiffa ce fainct labeur: ains chaffez de là fe vindrent ranger en d'autres lieux, faifans de grandes guerres aux ennemis de noftre foi: et durerent encore fix vingts ans apres la perte de Hierufalem, gardans ce qui leur eftoit demeuré en Orient: et jufques en l'an mil trois cens dix ou environ, que tel

Ordre de Templiers, qui avoit duré environ deux cent ans fut entierement destruit par le Pape Clement cinquieme, qui lors tenoit sa court en la Ville de Poictiers, qui est du païs de France, et ce, (comme quelques uns disent) à la poursuite du Roy Philippe le Bel: Ce qui avint, ou par la prosperité et grandes richesses qu'ils avoyent, par le moyen desquelles ils devindrent meschans et se ruinerent eux-mesmes, ou peut-estre que Philippe Roy de France lors regnant, ayant esté seduit par faux rapports, ou encore par avanture, pour avoir les biens de ceste religion, persuada au Papa de faire telle chose —— En cela sont fort variables les opinions de ceux, qui en ont escrit: toutesfois c'est assez de dire, qu'ils furent condamnez et les biens de ceste religion confisquez. Pour à quoi parvenir (pour ce qu'ils estoyent fort puissans) fut contre eux faite une secrette inquisition (fust fausse ou vraye) apres laquelle le Roy

Roy mit del ordre en toutes les parties de ſon royaume, que en un certain jour aſſigné tous les Templiers, qui peurent eſtre treuvez, furent prins, et leurs biens ſaiſis, et mis en la main de Juſtice: ce fait, l'on beſogna à leur procez et en fut le jugement executé tel, que nous le dirons. —— Quant aux Crimes, qu'on leur mit ſus, furent ceux-ci, que leurs Predeceſſeurs avoyent eſté cauſe de perdre la terre ſainte; qu'ils esliſoyent leur grand Maiſtre en ſecret; qu'ils avoyent de mauvaiſes Superſtitions; qu'ils tenoyent quelques propoſitions heretiques; qu'ils faiſoyent leur profeſſion devant une Statue, ou image veſtue d'une peau d'homme; qu'ils beuuoyent ſang humain; qu'en ſecret ils juroyent de s'aider l'un à l'autre, leur attribuant par ce moyen l'abominable peché contre ,nature et qu'ils en eſtoyent tous coulpables. A ces cauſes fut fait le Proces contre le grand Maiſtre, nommé frere Jaques na-

 tif

tif de Bourgogne, homme yſſu de grande maiſon: et apres par conſequent contre tout le reſte des religieux: Finalement le pape par ſentence definitive les condamna au feu: pluſieurs deſquels furent éxecutez, et leurs biens confiſquez; dont grande partie fut appliquée à l'Ordre des Chevaliers de Saint Jean de Hieruſalem, qui environ ce temps, ou un peu auparavant avoyent conquis l'isle de Rhodes deſſus les infideles: Autre partie de ces biens fut ordonnée à d'autres ordres: l'autre partie (par permiſſion du Pape, ou autrement) demeura entre les mains des Princes, qui s'en eſtoyent ſaiſis et emparez lors de la dite prinſe. Ceſte ſentence fut publiée par toute la Chreſtienté, et ſi eſt aprouvée bonne et juſte par les Croniques de France, et par Platine en la vie du Pape Clement V. et auſſi par Raphael Volaterran, et Polidore Virgile — Toutesfois quelques autres ſouſtiennent, que ceſte ſentence

fut

fut injufte et donnée fur faux tesmoins chargeans principalement de cefte faute le Roy Philippe: difans, que pour defir d'avoir leurs biens il pourchaffa leur deftruction; et difent encore, qu'au temps, qu'ils furent jufticiez, le commun peuple les tenoit pour Saints et Martyrs, refervans des pieces de leurs habillemens pour reliques.

De cefte derniere opinion ont efté St. Jaques de Mayonce, Naucler, et Antonie Sabellic, en leurs hiftoires, et Jean Boccace au Livre de la ruine des Princes, et dit l'avoir entendu de fon Pere, qui fe trouva prefent à l'execution de la fentence. Il femble auffi, que Sainct Antonin Archeveque de Florence foit de cefte opinion, et recite la chofe eftre avenue ainfi qu'il s'enfuit: Eftant le Pape Clement et la Cour Romaine en France, ou elle refidoit, et fe voyant fort ftimulé de Philippe Roy de France de tenir la promeffe, qu'il lui avoit faite, en le faifant eslire fouverain Evesque, qui estoit de condamner le Pape Boniface, et faire bruler ses os, ce que le Pape delaissoit à faire, pour lui sembler fort difficile: avint qu'un Chevalier de l'ordre des Templiers, Prieur d'une des Commanderies, nommé Montfaucon en la Ville de Toulouse fut prins et mené prisonnier à Paris par l'ordonnance du Grand-Maistre à cause de quelques crimes par lui commis, et encore (comme quelques uns disent) pour heresie. En ce mesme temps fut aussi mis en la mesme prison un autre, natif de Florence, Chevalier de ce mesme ordre par le commandement de leur Grand-Maitre à cause de plusieurs autres delits. Ces deux ensemble, connoissans que pour leurs malefices il n'y avoit aucun espoir de sortir, delibererent pour se delivrer de prison, et pour se vanger (comme meschans qu'ils estoyent) de leur Grand-Maître d'accuser la religion des crimes que nous avons dit ci-dessus: et pour

ce

ce faire apelerent avec eux en ce conseil et pratique quelques Officiers du Roy, accusans de ces choses le Grand-Maistre, et les autres Chevaliers, disans, qu'ils estoyent dignes de mort, et que le Roy comme homme de bien et de bonne justice y devoit pourvoir, consideré mesme le grand proufit, qui lui en viendroit, sachant les biens de telle maison. Quoi entendu par le Roy il y presta l'oreille, ordonnant, qu'on en parlast plus amplement à ces deux prisonniers, puis le fit incontinent à sçavoir au Pape, lui remonstrant, que tel ordre devoit estre ruiné et mis à sac: Le Pape apres avoir ouy les prisonniers, ou bien la relation, qui lui en fut faite par d'autres, ou plustost pour se delivrer de l'importune requeste, que lui faisoit le Roy contre le Pape Boniface, sans en faire plus ample inquisition ni procez contre eux: ains seulement avec ces indices escriuit secretement par toute la chrestienté qu'en un certain jour deputé tous ces Chevaliers Templiers fussent prins, et tous leurs biens sequestrez: et à pareil jour, que ces lettres furent expediées, le Grand-Maistre, (qui pour lors se tenoit à Paris) fut prins avec soixante chevaliers des principaux: lesquels apres les preuues faites, et venans aux confrontations, nierent fermement, et par grande asseurance avoir fait telles offenses, non pas seulemen[illegible] [illegible]ensees, et qu'ils estoient bons Chrestiens —— Ce non obstant fut le procez conclud contre eux, et tous soixante (hors mis le Grand-Maistre et quatre autres, qu'on reserva pour une autre fois) furent tirez hors de Paris et mis sur un grand echaufaut fait expres, sur le quel ils estoyent jettez à la vue du peuple l'un apres l'autre dans le feu, afin si quelqu'un d'eux confessoit les fautes ou partie d'icelles, dont ils estoyent accuses, on leur peust sauver la vie. Mais combien qu'ils fussent par leurs parens et amis

amis exhortez à confeſſer le fait, encore qu'ils ne fuſſent coulpables à fin au moins de ſauver leur vie, ſi eſt-ce qu'ils le nierent tousjours, apellans Dieu en tesmoignage de leur innocence: et furent ainſi brulez, ſans jamais rien confeſſer. ——

Cela fait le Grand-Maiſtre et un autre nommé Frere Dauſin, et Frere Hugues, et les autres qui avoyent eſté Officiers en la Cour du Roy furent menez, ou demeuroyent l'Empereur et le Pape, par lesquels il leur fut fait grands promeſſes à fin qu'ils confeſſaſſent ces pechez, dont ils eſtoyent accuſez: desquels ils reconnurent partie par le moyen de tant d'importunitez et autres choſes; après laquelle confeſſion furent menez au ſupplice ou leur Procez fut leu publiquement, et la ſentence, par laquelle le Pape condamnoit le Grand-Maiſtre et tous les Chevaliers de ſon Ordre.

Ce-

Cependant qu'ils estoyent en ces entresaites le Grand-Maistre se leva sur ses pieds, disant, qu'il devoit estre ouy: puis dit, que veritablement il avoit merité la mort pour tant d'osenses qu'il avoit faites envers Dieu: toutesois que de ces crimes, dont lui et ses chevaliers estoyent acusez en ce Procez, ils estoyent innocens, et que s'ils en avoyent confessé quelque chose, ce avoit esté par crainte, et à la suscitation et priere du Pape, et que ce, qu'il disoit alors, estoit veritable: autant en dit Frere Dausin, et voulans dire d'avantage ils furent exposez au feu et brulez, apellans incessamment Dieu avec une grande constance et devotion; mais frere Hugues avec son compagnon pour sauver la vie confesserent encore ce qu'ils avoyent confessé par le proces: lesquels neantmoins vesquirent peu de temps apres, et moururent miserablement: comme aussi furent les deux autres che-

chevaliers priſonniers accuſateurs, l'un desquels fût pendu, et eſtranglé, et l'autre fût tué, ce qui ſembla au peuple un grand miſtere de Dieu. Au moyen de quoi pluſieurs grands perſonnages et de grand ſavoir tenoyent pour certain, que telle ſentence eſtoit injuſtement donnée, et mal executée contre les Templiers, et qu'ils eſtoyent condamnez pour avoir ſeulement leurs biens. Toutes ces choſes ſont recitées par St. Antonin au lieu preallegué, avec les autres Auteurs: qui eſt la raiſon, pour laquelle je ne ferai point de reſolution la-deſſus, pour ce qu'il ſemble fort à croire, que le Pape ait failli en choſe de telle importance: D'autre coſté il n'eſt pas croyable que tout un Ordre, ou il y avoit tant et ſi grande diverſité de Chevaliers fuſt entierement ſi mechant. Or ce ſecret et beaucoup d'autres, qui nous ſont cachez maintenant, nous ſerons decouverts au jour du Jugement,

ment, car toutes les coulpes de chacun seront connues. — Que cela suffisse sur cette matiere: Poursuivons nôtre route — On peut juger pas les differents malheurs arrivés à l'ordre, qu'on doit être bien circonspect, de l'etendre au de-là ses limites et d'y initier des Sujets indignes. On doit même tacher de donner le change aux profanes, quand même ils auroient entrevû quelque rayon de la lumiere, que nous avons: J'ai dit, que nos encêtres avoient le precepte de la frugalité, de quoi on les nommoit Botanotes f); mais ils n'ont laissé avec le

f) du mot Grec βοτανώδης, amateur d'herbes. — *Aegyptiorum sacerdotum praeparci mores in victu, ac frugi prorsus bonae et contemplationi dedita mens ad stuporem usque a Chaeremonte Stoico narrantur.* — *Ex tribus Magorum generibus apud Persas primos praeter farinam et olera aliud nihil in cibum recepisse memorant.* LVD. CAELII RHODIGINI Antiqu. Lect. L. 13. c. 25. Voila aussi trois des preceptes de TRIPTO-

le tems d'entremeler aussi leur vie des repas joyeux. On sçait qu'à Jerusalem même les receptions se faisoient à une table en vuidant à la fin une coupe de vin pour cimenter l'amitié parce que, disoient-ils, le vin fait et prouve des amis. —— En Gre-

P T O L E M E, qui s'avoyent conservés et qui sirent gardés dans le Temple d'Eleusis. X E N O C R A T E le Philosophe nous les indique, mais, P O R P H Y R E et St. J E R O M E, qui le citent, varient: Φασὶ δε καὶ Τριπτόλεμον Ἀθηναίοις νομοθετησαι, καὶ τῶν νόμων αὐτοῦ τρεῖς ἔτι Ξενοκράτης ὁ φιλόσοφος λέγει διαμένειν Ἐλευσῖνι, τοὺς δε γονεῖς τιμᾶν, θεοὺς καρποῖς ἀγάλλειν, ζῶα μη σίνεσθαι; *aiunt etiam Triptolemum Atheniensibus leges sanxisse et ex legibus tres adhuc exstare Eleusine Xenocrates Philosophus tradit has: Parentes honorare, Deos fructibus colere, animalia non laedere.* P O R P H Y R I U S de Abstinentia Lib. V. —— X E N O C R A T E S *Philosophus de Triptolemi legibus tria tantum praecepta in templo Eleusinae residere scribit. Honorandos parentes, venerandos Deos, carnibus non vescendum* H I E R O N Y M U S Advers. J O V I N I A N U M Lib. II. —— Voyés aussi la remarque c. ——

Grece on avoit les preceptes des Xenocrate et d'Arifrarque à leurs Soupers, en Egypte la ceremonie fe finiffoit par un repas, à Rome on y chantoit même et on y buvoit par 3. fois 3. et ce fût quelque fois à l'honneur des neuf Mufes; quelque fois ces 3. Santés étoient

1) aux Dieu du Ciel,

2) aux Heros et Grands-hommes,

3) à leur profperité ou au Genie.

Ils s'y bailloyent les mains par 3. fois 3. t) et c'eft ce bruit, et divertiffement qui les ont de tout tems mis en reputation de debauchés, quoique rien ne foit plus innocent, fi l'on n'en

t) *Pingimus, et pfallimus* HORAT. *Ternos ter cyathos bibit attonitus vates.* ID. — *Ter bibe, vel toties ternos fic myftica lex eft.* AUSONIUS. *lactis ter crepuit fonum.* HORAT. *Audiat ftrepitus inuidus vicinus.* ID.

n' en abuſe pas. —— Comme ils s' entreaidoient de leur ſcavoir, de leurs ſecrets, et de leur puiſſance, et qu' on trouvoit ſouvent de tels ſecours dans un païs, ou l'on étoit inconnu, ceux, qui ſe vouloient pouſſer, pouvoient plûtôt faire fortune, qu' un autre, ce que le peuple ſuperſtitieux prenoit d' abord pour ſortilege. —

Par cette connoiſance des coûtumes des anciens nous pourrons à préſent regler et reformer toutes nos coûtumes en appuyant ſur celles, qui nous ſont hereditaires par une ſi longe ſuite d' années. —— Songeons ſeulement d' approcher à la perfection de nos ancêtres, et d' eviter la corruption, qui les a fait echouer, et qui leur a cauſé tant de maux; rien ne nous ſcauroit garantir que la circonſpection à rejetter, qui pourra corrompre les autres.

Achevons cet Edifice, auquel nous travaillons moralement. Achevons ce Temple à la Vertu, que nous conſtruiſons dans nos coeurs! C'eſt le premier de nos principes, c'eſt de lui que decoulent tous les autres.

Ναὶ μὴν μόνον τὸ Καλὸν ἀγαθὸν οἶδεν ἡ Φιλοσοφία, καὶ τὴν ἀρετὴν αὐτάρκη πρὸς εὐδαιμονίαν.

Clem. Alexandr. Strom.
Lib. V.

ERRATA.

pag. *ligne*

139. 12 *lisez* le Roy au lieu de l'Empereur; c'est la faute du traducteur, *donde el' papa y el Rey estavano* dans l'original espagnol.

141. 16. *parece rezia cosa creer, que el papa errasse*, dans l'original espagnol: *pare cosa dura a credere che il Papa errasse*, d'après la traduction italienne de MAMBRINO DI FABRINO.

www.ingramcontent.com/pod-product-compliance
Lightning Source LLC
LaVergne TN
LVHW020316230826
846091LV00003B/698

9782329024660